(나,
열심히
살고 있는데

왜 자꾸
눈물이
나는 거니?

나,
열심히
살고 있는데

왜 자꾸
눈물이
나는 거니?

송정림 지음

꼼지락

차례

1장 오늘이 있는 이유

2장 ── 달 대신 네가 떠오르는 밤

3장 어른이 될 시간

4장 나를 웃게 하는 것들

5장 흥얼거리며 계속 걸어가고 싶어

프롤로그

기다려도 기다려도 오지 않습니다.
문 밖에 바람 소리도, 비 오는 소리도
다 그 사람 발자국 소리 같아서 뛰어나가 보지만
기다리는 사람은 오지 않습니다.

그 사람이 오면, 시린 손 녹여주려
빈 가슴에 불을 지펴놓지만,
야속하게도 그 사람은 꿈속에서도 보이지 않습니다.

꿈도 마찬가지,
너무 높이 달려 있어서 아무리 발돋움해도
닿지 못합니다.
아득히 멀어서 걸어도 걸어도
잡히지 않습니다.

운명은 우리를 가지고 장난을 친다죠.

아무것도 주지 않으면서 모든 것을 약속한다죠.

행복이 손에 잡힐 듯 잡힐 듯…

거기 손을 뻗다가 바보가 된 우리를 발견하곤 합니다.

부지런히 가다가

문득문득

슬픈 물음표가 마음을 침범합니다.

나, 열심히 살고 있는데

왜 자꾸 눈물이 나는 거니?

나, 부지런히 가고 있는데

왜 자꾸 우울한 거니?

한숨과 눈물에
시간을 내어주고 말았던
나의 사랑하는 사람들에게
잃어버린 것을 찾아주고 싶습니다.

아픔을 잊는 법,
사랑했던 순간만을 기억하는 법,
오지 않는 행운을 기다리기보다
이 순간의 행복을 누리는 법,
생각보다 어렵지 않아요.

감성을 기르는 것은
재테크보다 더 중요한 행복테크랍니다.

더 늦기 전에

행복해졌으면 해요.

당신도, 나도,

우리 같이

행복해졌으면 해요.

버 스

1장

오늘이 있는 이유

그냥

유능한 야구 선수에게 물었다.
"배팅의 비결이 무엇입니까?"

야구 선수는 이렇게 대답했다.
"그냥 날아온 공을 힘껏 때리면 되는 겁니다."

능숙한 댄서가 몸치에게 가르치길,
"그냥 리듬에 따라 몸을 움직이면 됩니다."

유능한 피아니스트가 초보자에게 이르길,
"그냥 악보대로 하면 됩니다."

찌개를 잘 끓이는 요리사 말씀,
"그냥 손맛으로 하면 됩니다."

'할 줄 모르는 자'에게
고수의 가르침 "그냥"은 참 막연하다.

그런데 우리는 가끔

인생의 고수에게 질문을 하고 싶어진다.
"어떻게 살아야 잘 사는 겁니까?"

그러면 그는 어떤 대답을 들려줄까?

"그냥 살아가면 되는 겁니다."

"그냥"은
복잡한 인생의 간단한 해법이다.

나를 만나는 골목

서울의 주택가 골목을 걸어간다.
스무 살의 나를 만난다.

무슨 일에선지 울고 있다.
막막한 어깨를 지닌 그녀에게
내가 말해준다.

"괜찮아, 다 괜찮아질 거야."

제주도의 올레를 걸어간다.
작은 골목에서 뛰어노는
열 살의 나를 만난다.
내가 말해준다.

"더 신나게, 맘껏 놀아도 돼."

골목은
현재의 내가

과거의 나를

쓰담쓰담 하는 공간.

짐과 덤

살아가는 데 무거운 짐이 되는 것들,
살아가는 데 힘이 돼주는 사람들.
인생의 짐과 덤의 요소가
우리에게는 다 있다.

이건 내 인생의 짐일까, 덤일까?
그는 내 인생의 혹일까, 힘일까?

살다보면
내 인생의 덤은 무엇인지
내 인생의 짐은 무엇인지
혼란스러울 때가 있다.

그럴 땐 이렇게 판단해도 좋겠다.

"생각하면 즐겁다"면?
그건 내 인생의 덤.
"떠올리니까 괴롭다"면?
그건 내 인생의 짐.

순간이라는 계단들

누구에게나 어느 날 갑자기 찾아오는
그런 순간들이 있다.

처음으로 아장아장 걷기 시작하는
순간,
처음으로 말을 하게 되는
순간,
사춘기가 되어 턱에 수염이 나는
순간,
첫사랑의 몸살을 앓던
순간,
결혼을 하고 부모가 되는
순간,
이마에 늘어난 주름을 확인하는
순간.

순간은
우리 삶을 이뤄가는 하나하나의 계단들이다.

류시화 시인의 《지구별 여행자》에 보면
이런 일화가 나온다.
인도 여행을 할 때 어떤 인도 사람이
시인에게 다가와서 차이티 한잔을 청했다.
시인이 말했다.
"내일 합시다. 내일 이 시간에 여기서 만납시다."
그러자 그가 말했다.
"당신에게 내일이 먼저 올지
다음 생이 먼저 올지 어떻게 아는가?"

가장 소중한 사람은
바로 이 순간에 만나는 사람,
내 인생에 가장 중요한 일은
바로 이 순간에 하는 일,
순간순간이 결국 인생의 진리다.

이 순간
간절히 사랑하고
뜨겁게 일하고
쉼 없이 감사하고
온 마음으로 느껴야 한다.

내 시선이 머무는 곳

아무리 아름다운 꽃도
시선을 주지 않으면 더 이상 꽃이 아니다.

아무리 아름다운 노래도
아무런 느낌을 주지 못한다면
이미 노래가 아니다.

계절마다 바뀌는 자연이
기가 막힌 신의 선물이라 해도
마음이 움직여지지 않으면 선물이 아니다.

아무리 소중한 사람이라고 해도
그 시선이 다른 곳을 향해 있으면
사랑을 줄 수 없다.

지금 이 순간 무엇을 보고 있는지.
뭐가 그렇게 중요하기에
그 시선을 옮기지 못하고 있는 건지.

뒤를 돌아보면 거기
삶의 선물이 있을지도 모르는데….
돌아보면 거기
생의 꽃다발이 놓여 있을지도 모르는데….

사부아 비브르

어린 시절에는 아이스크림 하나만 손에 들면
백만장자가 안 부러웠다.
풍선 하나만 불어도 환하게 웃으며 즐거울 수 있었고,
알사탕 하나 볼에 가득 물고 있으면
온 세상이 다 내 것 같았다.
어린 시절에는 어머니 등에 업혀 걸으면
여왕처럼 행복했다.

어린 시절보다 어른인 지금이
분명 풍요로워졌는데,
가진 것도 많아졌는데,
왜 예전처럼 행복하지 않은 걸까.
왜 늘 부족하고 불만에 차 있는 걸까.
그건 바로
일상의 행복을 누리지 못하는 데서 오는 것이다.

'사부아 비브르(Savoir Vivre)'
이 말은 '인생을 즐길 줄 안다'는 뜻이다.

'인생을 즐길 줄 안다'는 것은
곧 '인생을 살 줄 안다'는 말.

풍류를 즐기고 생활의 멋을 찾는 데
그리 많은 돈이 필요한 것은 아니다.
시간도 생각보다 많이 필요치 않다.

잠깐 동안의 산책,
짧은 시간의 티타임,
음악 한 곡이 시작돼서 끝날 때까지의 명상,
시(詩) 한 수의 느낌.
그런 것들이 우리들의 삶을 멋있게 만들어주는,
그래서 '사부아 비브르'.
인생을 즐겁게 살게 하는 요소가 아닐까.

우울한 날이면
기지개를 켜보자.
인생의 봄이 더딜수록
마음으로 서둘러 기지개를 켜보자.

눈물 나는 날에는
무작정 나가서 걸어보기로 한다.
산책을 하는 동안 부자가 될 테니까.

부는 바람도 공짜
하늘에 뜬 흰구름도 공짜
초록으로 물들어 가는 나무도 공짜
눈부신 햇살도 공짜
화사하게 피어나는 꽃의 자태도 공짜
그 꽃이 풍기는 향기도 공짜
제과점에서 풍겨오는 갓 구운 빵 내음도 공짜
커피 전문점에서 풍기는 향긋한 커피 내음도 공짜
어디선가 들리는 음악 소리도 공짜
거리에서 만난 아이의 환한 웃음도 공짜
갑자기 내리는 소나기도 공짜다.

공짜의 혜택을 받아들여
행복이라는 대단한 가치를 누릴 수 있어서
얼마나 다행인가.

세상에는 누구에게든
공짜로 주어지는 것들이 있다.
그런데 알고 보면 그 공짜야말로
세상에서 가장 멋진 생의 보너스다.

시간이 흘러가고 있다.
이 시간이 흘러가면
또 다음 시간이 나에게 공짜로 전해주는 행복이 있겠지.

조화는

작은 것들이 한데 모여

아름다운 힘을 가지는 것이다.

인생의 ON-AIR 표시등

내 삶이 완전히 정전돼버리는 것 같은 순간,
더 이상 난로도 작동하지 않고
더 이상 등불도 없어서
마치 전기가 나가버린 터널 속처럼
깜깜해지는 순간이
살다보면 온다.

그러다가 마음에 등불이 탁, 하고 켜지는 순간,
마음 방송국에 ON-AIR 불이 켜지는 순간이
또 다가와 준다.

물리적인 거리를 좁히기 위해서는
자동차나 비행기, 기차 등 운송 수단을 이용해야 한다.
그리고 이동하는 시간이 꽤 걸린다.

그러나 마음의 거리를 좁히는 것은 한순간이다.
어떤 느낌이 급속하게 다가와
갑자기 ON-AIR 작동을 시작한다.

우울해하면
웃기지도 못하면서 나를 웃게 하려고 애쓰고,

배고파하면
솜씨도 없으면서 밥을 지어주고,

갖고 싶어 하는 것이 있으면
능력도 안 되면서 꼭 사주고 싶어 하고,

하고 싶어 하는 것이 있으면
그 꿈을 꼭 이루라고 지원해주고,

헤어지는 순간이 와도
언제나 잘되기를 진정으로 기도해주고….

어두운 마음에 5촉 전구를 탁! 켜주는 사람,
차가운 마음에 따뜻한 난로를 켜주는 사람,
무거운 현실을 치우고 구름 위로 나를 실어
가볍게 날아가게 하는 사람,

깜깜한 터널을 안전하게 빠져나오도록
손전등을 비춰주는 사람.

그 사람은
인생의 ON-AIR 표시등이다.

현기증

빙빙 도는 현기증은
높은 곳에 올라갈 때 주로 일어난다.

난간으로 안전장치를 해놓은 곳에서도
경치가 좋아 탄성이 나오는 전망대에서도
현기증은 예외 없이 찾아든다.

인생도 마찬가지.

높은 곳에 오르면
발밑에 둔 것들이 아득해지며
내 정신도 아득해진다.

현기증이 위험한 것은
발아래 둔 것들이 하찮아 보이는 데 있다.
그렇게 위험하고, 무모하고, 불안하고,
불안정한 질주가 시작된다.
걷잡을 수 없는 몰락도 함께 시작된다.

질주와 몰락은 세트 품목이기에
'보다 높이' 올라가려는 사람은
언젠가 갑자기
현기증이 찾아온다는 것을
계산하고 있어야 한다.

삶의 목표는
'보다 높아지기'보다
'보다 깊어지기'가 돼야 한다.

위로 전달법

이웃과 행복하게 살아온 백 세의 할머니에게 물었다.
"깊은 고통을 겪는 사람이 있습니다.
그에게 어떻게 해주면 될까요?"

그러자 할머니가 대답했다.
"꼬옥~ 끌어안아 주지."

병원에서 오래 앓았던 사람에게 물었다.
"병문안 가서는 어떤 얘기를 하는 게 좋은가요?"

그가 대답했다.
"말 대신 환자의 손을 꼬옥 잡고 오래오래 곁을 지켜주세요."

인디언 격언 중에 이런 말이 있다.

"손을 잡는 순간,
자기 넋의 반이
상대방에게 건네진다."

눈물을 흘릴 때
흔한 위로의 말을 던지는 사람보다
말없이 그 눈물을 닦아주는 사람이 더 진실하다.

파산했을 때
위로의 백 마디 말보다
어깨를 감싸주는 손길이 더 진실하다.

비를 맞고 있을 때
온몸으로 같이 비 맞아주는 우정이 더 진실하고,

슬퍼하는 연인을 품에 안고
가슴 아파하는 사랑이 더 진실하다.

백 마디 찬사보다 손을 꼭 잡은 신뢰가 더 진실하고,

천 마디 고백보다 사랑을 담은 시선이
훨씬 진실하다.

위로는 손을 잡고
그 추운 영혼 위에
이불을 덮어주는 일.
그리고 그 따뜻한 이불이
내 영혼도 덮어주는 일.

오래된 신발처럼
날 편안하게 지켜주는 사람들.
나에게도 당신에게도
그런 사람들이 분명 있다.

여전해서
좋은 하루

영화나 소설 속의 반전을 좋아한다.
그 이유는
흥미롭기도 하지만
일종의 보상 심리 같은 것일지도.

누구나 인생의 대반전을 기다린다.
내 삶의 대역전극을 바란다.

그런데 누군가 말했다.
'인생 역전'도 좋지만
'인생 여전' 역시 좋다고.

여전히 건강하고
여전히 일할 수 있고
여전히 먹을 수 있고
여전히 음악을 듣고
여전히 아침을 맞을 수 있다는 것.
그것이야말로 큰 행복임을
지나고 나서야 안다고.

인생 여전이야말로

복권 당첨보다 더 큰 행운이라고….

배경의 힘

꽃집의 아가씨가 예뻐 보이는 이유는
아름다운 꽃들이
조명을 켜주기 때문.

바다를 나는 새가 자유롭게 보이는 이유는
탁 트인 바다가
무대의 커튼이 돼주기 때문.

공원의 벤치가 낭만적인 이유는
나무가 액자가 돼주기 때문.

호숫가의 백조가 평화로운 이유는
잔잔한 물결이 카펫을 깔아주기 때문.

우리가 떠올리는 어떤 이미지에는
'배경의 힘'이 스며들어 있다.

어떤 사람을 떠올릴 때에도
그와 함께하는

거리가 아름다운 이유는
사람들이 배경이 돼주기 때문이다.

그렇게 우리는
아름다운 세상의 이미지를 이루는
배경이다.

신이 행복을 숨긴 장소

처음에 신이 행복을 만들 때,
거만한 인간들이
행복을 너무 쉽게 찾으면 안 되겠다는 생각에
행복을 어디에다 숨길까 고민했다.

"인간들이 워낙 똑똑한지라
웬만한 데는 다 쉽게 찾을 거야.
어디다 숨길까?
히말라야 산 정상에 숨길까,
바다 속 깊은 곳에 숨길까."

고민고민하다가 이렇게 답을 내렸다.
"그래, 인간들 마음속에 숨겨놓자.
그러면 찾기가 쉽지는 않을 거야."

그래서 행복은 우리 마음 안에 있게 됐다고 한다.

행복은 결국,
우리가 마음속에 걸어보는 일종의 마술이 아닐까.

행복은 비매품!
아무리 뛰어난 과학자라고 해도
만들어낼 수 있는 발명품이 아닌 것.
행복의 발명자는 바로 나!
행복의 생산자도 역시 나!
행복을 내 마음에 배달하는 자도 역시
나 자신.

마음이
편히 쉬는 곳

좋은 장소, 명당은 어디에 있을까?

사랑을 잃은 자가
창문을 열어 하늘을 볼 수 있는 방,
실패를 겪은 자가
혼자 음악을 들을 수 있는 방.

그렇게 마음이 편안히 쉴 수 있는 곳,
내가 웃는 곳,
그곳이 이 세상 최고의 명당이다.

결국 명당은
찾는 것이 아니다.
내가 있는 이 자리를
명당으로 만드는 것.

베란다에 꽃 한 포기 심는 일.
낡은 밥상에 헝겊을 씌워 나만의 책상을 만드는 일.
창을 열고 미소를 지어보는 일.

이 자리를 명당으로 만드는 작업은

이토록 쉽다.

느리게 사는 연습

초등학교 교사가 아이들에게 이런 숙제를 내줬다.
- 가족들의 발 본뜨기
- 눈감고 지내보기
- 나물 캐기
- 손톱에 봉숭아 물들이기
- 부모님 발 씻겨드리기
- 밥을 지어보기

느림과 아날로그의 배움을
숙제로 낸 것이다.

매일 "바쁘다, 바빠!" 허둥대며 살아가던 어느 날,
초등학교 때 그 숙제가 떠올랐다.

그래서 자신에게 이런 숙제를 내봤다.
- 한 시간 동안 창가에 앉아 나뭇잎만 바라보기
- 사랑하는 사람에게 자필로 편지를 써서 보내기

한숨을 돌린다는 건 이렇게 좋구나.

목수가 나무를 잘 다루는 것처럼
무용수가 훌륭한 춤을 선보이는 것처럼
행복에도 연습이 필요하다.

신호등이
있었으면 좋겠다

도로에는 고마운 존재들이 많다.
차선도 있고
신호등도 있고
가끔 교통순경이 호루라기를 불며
교통정리를 해주기도 한다.

그런데 가끔 우리 마음도
앞으로 갈 수도, 되돌릴 수도 없는
복잡한 교통 상황에 처해지곤 한다.

우리 인생에도 신호등이 있었으면 좋겠다.

잠깐 멈추라고
차선을 바꾸라고
속도를 줄이라고
알려주는 신호등.

복잡하게 얽히고설킨 교통지옥의 마음일 때는
마음에 호루라기가 하나 있어서

자신의 감정을 멋지게 교통정리 해주면 좋겠다.

차선도 있고 신호등도 있어서
거기 가면 안 된다고,
잠깐 멈추라고
지시를 해주면 좋겠다.

스스로를
인정해주기

성공이 뭘까?
누군가 내 이름을 기억해주는 것일까.
가진 게 아주 많아서 맘대로 누리고 사는 것을 의미할까.

행복이 마음 안에 그 요소가 있는 것처럼
성공 역시, 우리 마음 안에서 일어나는 현상이다.

물론 내가 어떤 일을 이루어냈을 때
다른 사람이 쳐주는 박수도 중요하다.
그러나 내가 나에게 보내는 박수의 맛과
비교할 수는 없다.

성공의 달콤함은 그렇게
내가 내 안에서 느껴야만 가치 있는 것이다.

어떤 일을 해냈는데
그 일이 세상 사람들에게는 아무것도 아니어서
박수 소리 하나 들리지 않는다고 해도,
누구 하나 나를 알아주는 사람도 없고

대단한 일을 했다고 칭송해주는 사람이 없다고 해도,
스스로 그 일에 만족한다면 그것은 분명 성공이다.

"참 잘했다!"고 어깨 두드릴 수 있다면
"이 일을 하는 것이 참 행복하다"고 웃을 수 있다면
"살아 있으니 다행이다"라고 토닥일 수 있다면
자기 자리에서 나름 열일하며 살고 있다면
이미 성공을 이룬 것이다.

에티켓

우리는 아주 사소한 데서
살아가는 유쾌함을 느끼기도 하고
또 반대의 기분을 느끼기도 한다.

일상생활에서 만나는 사람들의 작은 에티켓이
우리 삶을 기쁘게도 슬프게도 한다.

에티켓이라는 말은 원래
'사소한 것의 힘'이라는 뜻을 지녔다.
또 에티켓을 들어
'문명사회의 윤활유'라고 말하는 사람도 있다.

내가 가장 마음에 들어 하는
에티켓에 대한 정의가 있다.

> 아름다운 그림이 망가지지 않도록
> 그 주위를 잘 둘러 치고 있는 그림틀.

한 사람의 사소한 무례함 때문에

생활의 즐거움이 깨지는 경우를 누구나 경험했을 것이다.

에티켓이란
적어도 다른 사람의 즐거움을 빼앗지 않는 것,
그래서 인생의 아름다움을 잘 누리게 하는
아주 사소한 힘이다.

점 하나의
차이

Impossible, '불가능'이라는 단어에
점 하나만 찍으면
I'm possible, '나는 할 수 있다'가 된다.

점 하나만 옮기면
'독'도 '덕'이 되고,
점 하나만 빼버리면
'남'도 '님'이 된다.

받침 하나만 바꾸면
'돌'도 '돈'이 되고
'적'도 '정'이 된다.

'자살'을 뒤집으면 '살자'가 되고,
부정하는 말 '노(no)'를 거꾸로 쓰면
앞으로 나아가는 뜻을 가진 '온(on)'이 된다.

점 하나만 옮기면
완전히 다른 뜻이 되고

받침 하나만 달라져도
180도 다른 의미가 되어버리는
언어들이 말해준다.

문제와 해결 사이에는
아주 작은 차이가 있을 뿐이라고.
그리고 부정과 긍정 사이에도
아주 작은 점 하나의 차이만 있을 뿐이라고.

자신만의
속도

멀리 외국에 나갔다 올 때
가장 괴로운 게 '시차'다.

그런데 하늘을 날아다니는 새들은
시차를 느끼지 않는다고 한다.

새들이 시차를 느끼지 않는 비결에는
두 가지가 있다.

우선, 그들은 북쪽에서 남쪽으로 이동하기 때문에
절대 시간 변경선을 넘는 일이 없다고 한다.

그리고 절대 무리하게 비행하지 않는다.
비행기는 무리하게 여러 시간 빨리 날아가지만
새는 절대 그러지 않는다고 한다.

날다가 지치면 아무 데나 날개를 접고 잠들고,
그러다가 날이 밝으면 다시 깨어나 날고.

그렇게 쉬엄쉬엄
자기가 날고 싶을 때
날고 싶은 곳으로
날아간다.

내가 할 수 없는 것을 넘보지 않고
내 보폭으로 꾸준히 가는 것.

인생의 어지러운 시차를 느끼지 않는 법을
새들에게 배운다.

두려울 것 없는
인생

나는 불안한 일이 있을 때
난해한 수학 문제를 푸는 꿈을 꾼다.

살다보면
“어? 이거 어떻게 풀어야 돼?”라는 말이 절로 나는
풀리지 않은 수학문제 같은 일을 만날 수 있다.

아주 낯선 암호 코드로 문을 열어야 할 것 같은
사차원의 세계처럼 낯설거나
외계인 세상에 갑자기 들어선 것 같은
황당함과 부딪쳤을 때,
그럴 때 어떻게 해야 할까.

문제 해결의 키,
그 비밀번호는 무엇일까.

생의 암호는 단 하나,
닥치고 견디기.
아무 기대도 없이

그저 오늘을 견디기.

인생을 살아온 수많은 이들이
써내려간 철학서와 문학은
우리에게 이런 힌트를 준다.
기껏 그래봐야 선택은 두 가지 중에 하나일 뿐.

눈물 젖은 빵이거나,
맨땅에 헤딩이거나.

그러니 두려울 것 없는 인생이라고.

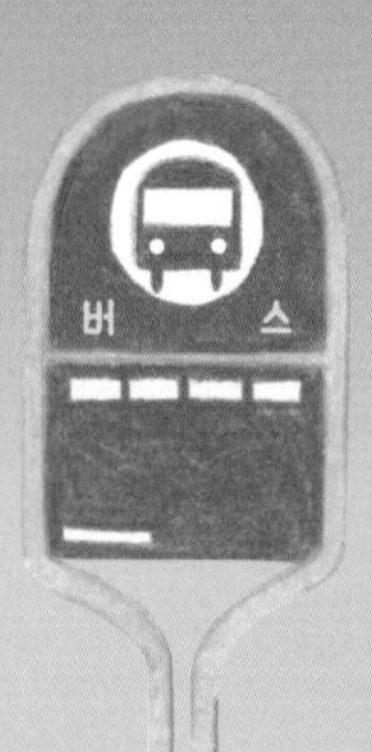
버 스

2장

달 대신 네가 떠오르는 밤

문득
너의 안부가
궁금해지다

명령이라도 받은 것처럼
일제히 자기 빛깔을 내며 피어나는 꽃들.
꽃 폭탄을 맞은 마음이
콩닥콩닥거린다.

순간, 사랑하는 사람의 안부가 궁금해진다.
잘 지내냐는 인사를 건네고 싶어진다.
꽃이 지면 덜컥, 가슴이 내려앉으며
그의 안부를 단정지어버린다.

꽃처럼 훌훌 가볍게 떠나버릴까 봐
괜히 불안해서
차마 두려워서
조심스레 믿어본다.
'잘 지내고 있을 거야.'

그렇게 봄은
바람처럼 애절하고
꽃처럼 예쁘다.

봄은

사랑이다.

봄은

당신이다.

왜
그 사람을
사랑하니?

"사랑하면 그냥 사랑 아닙니까?

어떤 사랑, 무슨 사랑 그런 게 어디 있나요?

사랑하면 그냥 사랑하는 거죠."

영화 〈아는 여자〉에 나오는 대사다.
사람이 사람을 사랑하는 이유라… 애매하다.

"왜 그 사람을 사랑하니?"
이렇게 물으면,
아주 많은 이유를 말할 수도 있고
또 한 마디도 대답하지 못할 수도 있다.

이유가 아주 많은 것 같은데
이유가 아주 없는 것.
그것이
사람이 사람을 사랑하는 이유.

그러니 그런 질문은 하지 않는 것이 좋다.
그 사람을 왜 사랑하느냐고….

말할 수 없는,

아니, 대답해도 잘 모르는

이유이기 때문에.

귀를 즐겁게 하는 소리

커피를 내리고 있는 커피 머신을 보는데
소리가 참 아름다웠다.
향기가 좋다는 생각은 많이 했지만
차를 끓이는 소리가 좋다는 생각은 새삼스럽다.

귀를 즐겁게 하고 마음을 행복하게 하는 소리는
옛날과 지금이 많이 다르지 않다.
송나라의 예사라는 학자가
듣기에 좋은 소리들을 쭉 나열해놓은 걸 봤다.

소나무에 바람이 지나가는 소리
시냇물 흘러가는 소리
산새 우는 소리
들에 벌레 우는 소리
바둑돌 놓는 소리
비가 층계에 떨어지는 소리
차를 끓이는 소리
아이들 노는 소리

사람 마음을 행복하게 하는 소리는
생활 속에서도 얼마든지 찾을 수 있다.

크래커를 먹을 때 바삭거리는 소리가 참 듣기에 좋고,
누가 따각따각 소리를 내며 걸어가는 발자국 소리도 좋고,
가끔 수돗물 떨어지는 소리도 정겹게 들린다.
그러고 보면 생활 자체가 종합예술이다.

그래도 제일 듣고 싶은 소리는 역시
내 이름을 불러주는 당신 목소리,
나를 향해 불러주는 당신 노랫소리.

너와
나누고 싶은
일상

둘이서 카트를 끌고 다니며 시장을 본다.

둘이서 2인용 자전거를 타고 숲을 달린다.

비가 오면 둘이서 우산을 쓰고 걸어간다.

둘이서 산에 올라가 보온병에 담아 온 커피를 마신다.

손 꼭 잡고 호숫가를 산책한다.

자동차극장에서 팝콘에 두 사람 손을 담그며 영화를 본다.

감동적인 공연을 보며 같이 눈물을 흘린다.

서로의 어깨에 기대서 아름다운 음악을 듣는다.

휴대폰이 뜨끈뜨끈 달궈지도록 밤새 통화한다.

나에게 희망사항은 오직

당신과 둘이서 하고 싶은 아주 사소한 일상.

가랑비처럼 내리는 사랑

연애는
비처럼 쏟아진다.

비 중에는
마른하늘이 갑자기 흐려지면서 쏟아지는 소나기도 있고,
폭풍을 수반한 비바람도 있고,
언제 내리기 시작했는지 모를 정도로
가만가만 내리는 가랑비도 있다.

연애도 그렇다.
소나기처럼 갑자기 다가오는 사랑이 있고,
폭풍우처럼 두려울 정도의 속도로 다가오는 사랑도 있고,
언제 내리는지도 모르게 내리기 시작해서
천천히 젖어드는 가랑비 같은 사랑도 있다.

어렸을 때는 소나기 같은 연애에 마음 뺏겼다.
갑자기 다가와서 나를 정신 못 차리게 하는 사랑,
푹 빠져들어서 헤어 나올 수 없는 사랑,
당신을 떠나려야 떠날 수 없다고 매달리는 사랑,

당신을 사랑하는 일 외에는
아무것도 중요하지 않은 그런 사랑.

그런데 살다보니 가랑비 같은 연애에 기대를 걸게 된다.
같이 있을 때 설레지 않고 가슴 벅찬 떨림도 없지만
곁에 없으면 허전한
이상하게 일이 손에 안 잡히는
그의 부재가 이제는 불편함이 돼버린 그런 사랑.

도대체
이게
뭐 하는 짓이냐?

어느 라디오 프로그램에서 들었다.
남자가 늦은 밤 연인을 집에 데려다주고 택시를 잡는데
너무 안 잡혀서 세 시간이나 걸려 집까지 걸어갔다고….
그러면서 한탄했다고 한다.

"도대체 이게 뭐 하는 짓이냐?"

그 사람에게 가는 길
엄청난 교통 체증 속에 갇혀 있다가 문득 뱉어지는 말

"도대체 이게 뭐 하는 짓이냐?"

연애란,
"도대체 이게 뭐 하는 짓이냐?"
한탄이 절로 나오는 것.

그런데도 함부로 길고 긴 레이스를
달릴 작정을 하는 꿈이다.

버 스
706
518

가둘 수 없는 마음

늘 내 곁에 있어줄 거라고 믿었던 사람이
어느 날 갑자기 떠나버리는
상실.

그 사람에게는 나밖에 없을 거라 생각했지만
나 아닌 다른 이로 마음이 옮겨가 버리는
상실.

도대체 왜 그래야 했는지
아무리 생각해도 이유를 알 수 없다.

그래서 생텍쥐페리도 말했던 걸까.
세상에서 가장 힘든 일은
사람이 사람 마음을 붙드는 일이라고.

사람의 마음은
바람과 시간과도 같다.
절대 한곳에 머물지 못하고
어디론가 가버리니까.

심지어 나조차 내 마음을 몰라서
내 마음이 왜 그곳으로 향해 가는지 알 수 없다.

바람을 가둘 수 없는 것처럼
결코 붙잡을 수 없는
사람의 마음.

비가
내리는 날이면

스위트 팝콘 같은 비가 내리면
달콤한 캐러멜 향기가 풍기고
옥수수 튀기는 소리가 난다.

어떤 빗줄기는 내리는 게 아니라
하늘로 통통통 음표처럼 솟아오른다.
어떤 빗줄기는 내리는 게 아니라
작은 포탄 소리를 내며 내 가슴으로 직진해 온다.
그리고 가슴속에 무차별 공격을 시도한다.
공격당한 보고픔과 그리움이 난리를 친다.

도저히 참을 수 없는 나는
그리스 가수 하리스 알렉시우의 노래를 듣는다.

"사랑함에도 함께할 수 없는 슬픔
오늘처럼 비가 내리는 날이면
주체할 수 없는 그리움은
서러운 눈물로 흘러
골짜기를 지나고 강둑을 넘네.

아직도 어두운 거리에
비는 내리고
쏟아지는 빗물에도
흐르지 못한 그리움은
내 가슴에 아픔 되어 고이네."

노랫말과 풍경의 빗소리까지 악기가 되어
내 마음을 파고든다.

빗소리는
내 가슴 두드리는
하늘의 노크 소리다.

노래를 듣다보면 삶에 부대껴 뒤로 미뤄두었던 추억들이
바스락거리며 심장 속 깊은 서랍에서 걸어 나온다.
'이젠 잊어야지' 애써 밀어냈던 기억들,
'이젠 잊었다' 한숨을 토해냈던 기억의 편린들이
빗속에서 걸어와 마음의 한복판으로 들어선다.

비가 오는 날이면
기억 속의 사람을 호출해서
우산도 없이 걷고 싶어진다.

창가에 서서
탁탁탁 소리를 내며
달콤하게 튕겨 오르는 빗소리를 들으면,
멀리서 신기루처럼 걸어오는 사람이 보인다.
맨발로 걸어 나간다.
그를 마중 나간다.

지난날을 다 잊어버리게 하는 술이 있다면
그 술은 금방 동이 날 것 같다.

한 사람을 위한 태도

비가 많이 내린 다음 날
사람들이 범람한 시냇물을 건너지 못하고
어떻게 건너나 고민하고 있었다.
그때 한 남자가 다가와
사람들을 차례로 업고 시냇물을 건너갔다.
마지막으로 한 여자가 남았다.
남자가 다가와 업히라며 등을 내밀었다.
여자가 망설이자 남자가 대답했다.

"다른 사람들을 업고 건너간 것은
당신을 업기 위해서였습니다."

토마스 하디의 《테스》에서는 그렇게,
좋아하는 한 사람을 위해
다른 사람들을 차례차례 업고
시냇물을 건너는 남자가 나온다.

마음에 품은 좋은 감정, 호감은
표현하지 않으면 모래알처럼 흩어지고 말지만

어떤 식으로든 표현하면
특별한 감정으로 들어서는 문이 된다.

호감 가는 사람이 있으면
따뜻한 차 한 잔 내미는 것도 좋다.
그 사람이 좋아하는 음악이 나오면
볼륨을 살짝 높여주는 것도
고백이다.

내 마음에 등이 켜질 때

현관문을 열고 사람이 들어서면
가장 먼저
현관의 센서등이 작동한다.

그런데 가끔 사람이 들어서지 않아도
센서등이 켜질 때가 있다.

센서를 가동시켜 등을 켜는 그 주인공,
초대받지 못한 그 침입자의 정체는 무엇일까?

가끔은 아주 작은 벌레가
빈집의 센서등을 작동시켜
현관을 밝혀 놓기도 한다.

가끔은 열어둔 창문으로 들어선 바람이
현관까지 걸어가
센서등을 작동시키기도 한다.

그렇게 "나 여기 있다!" 제 존재를 알리며

센서등을 켜놓는 작은 침입자를
감각기관에서 느낄 때가 있다.

꽃향기가 나 음악이
기억의 센서등을 켜지게 할 때도 있다.

마음 아주 깊은 곳에 잠복해 있다가
어느 날 갑자기 불쑥 센서등을
탁! 켜놓는 침입자,
그가 호소한다.
볼 수는 없어도 잊지는 말라고.

아무 의미 없던 이름이
누군가 불러주면
한순간 참 다정한 이름이 된다.

적당한 온도

커피는 80도로 내릴 때가
가장 맛있다.

밥은 100도의 온도로 가열할 때
알맞게 잘 익는다.

한약을 먹기 좋은 온도는 50도,
맥주가 가장 맛있는 온도는 10도,
사람의 체온은 36.5도.

그렇다면
우리가 손을 잡을 때
서로에게 전해지는 온도는 몇 도일까.

음식을 가열할 때는
데우거나 익힐 뿐이지만
사람의 체온으로 전하는 온도는
몸을 덥히는 것만 아니라
마음을 훈훈하게 채워준다.

썸머 스노우

여름에 내리는 눈, 썸머 스노우.

깊은 바다에서
플랑크톤이 죽어 하얗게 내리는 모습이
마치 눈 내리는 모습과 같다고 해서 붙여진 이름이다.

만약 이름과 같이 뜨거운 여름날에
갑자기 하얀 눈이 내린다면
참 놀랍고 근사할 것 같다.

하지만 뜨거운 태양 아래 내리는 눈은
얼마나 빨리 녹아 사라질까.

사랑도
한여름에 내리는 눈처럼
예고 없이 다가올 수 있다.

잡으려고 하면 사라지고
쥐려고 하면 달아나는

여름날의 눈.

현실이 아닌 환상 속에서나 볼 수 있는,

그래서 허무한

여름날의 눈.

사랑이란

그런 것.

사람에게
감정을 주는 일

세상에는 노력해도 힘든 일이 있다.
수많은 격언에서 쉽게 말하는 그런 것들이
내게는 너무나 힘들게 느껴진다.

원수를 사랑하는 일도 힘들고,
나 자신을 아는 것도 힘들고,
야망을 품고 유지하는 것도 힘들고,
99퍼센트의 노력을 다하는 일도 힘들다.

그 중에서도 가장 힘든 일은
사람과 사람 사이의 관계가 아닐까.

인간관계가 힘든 이유를 잘 생각해보면
거기에는 준 만큼 받고
받은 만큼 주려는 심리가 있는 것 같다.
그런데 우리 사는 일은 법칙대로
딱딱 맞아 떨어지지가 않는다.
누군가에게는 늘 주기만 하게 되고
누군가에게는 늘 받기만 하게 된다.

온 마음을 다해서 상대방을 대하고
온 힘을 다해서 그를 도왔는데,
상대방은 그렇지 않을 때
바보가 된 기분이 들기도 한다.

그런데 진정한 인간관계는 조건을 달지 않는다.
'내가 이만큼 해줬는데 이만큼 받아야지'
'내가 이렇게 열심인데 너도 열심히 해' 이런 것 없이
내가 좋아서 하는 것 자체에 의미를 둬야 한다.

인간관계는
저축과 같다.

다른 이에게 쏟아부을 때가 있다.
주기만 할 때는 힘이 빠지기도 하지만
어느 날, 내가 누군가에게서
그렇게 받기만 하는 때가 생기기도 한다.

지금 누군가에게 내주면

언젠가 또 누군가에게 받게 되는 것,

그것이 인간관계의 진리다.

그러니까 그에게 뭔가를 주는 일은

이자율 빵빵한 저축이다.

세상의 미련을 버리지 못하고 있을 때
나무는 무수한 잎사귀를 떨구며
버림의 미학, 떠남의 미학을 일러준다.

잡아주기를 원하는 여자,
붙잡지 못하는 남자

떠나는 사람은
인생의 큰 변화를 겪더라도 좋으니
가지 말라고 잡아주길 원하고,
보내는 사람은
잡고 싶지만 이기적인 것 같아서
웃으며 잘 가라고 손짓하고….

그렇게 헤어진 두 사람은
한때는 막막한 거리감으로
한때는 더욱 깊어지는 정감으로
또 한때는 약해지는 마음으로
기다림의 날들을 채워간다.

기차역이나 버스 정류장 쪽으로 자꾸 발길이 돌려지고,
하늘에 날아가는 비행기만 봐도 마음이 아리고.
기다리는 시간의 초침 소리가
물방울이 되어
고통스럽게 마음에 떨어진다.

릴케는 편지를 참 많이 쓰던 시인으로 유명하다.
사랑하는 사람과의 먼 거리감도 즐길 줄 알았던 시인이다.
하지만 가을이 되면 이런 편지를 보냈다고 한다.

"혼자 있는 게 너무 힘들어요.
하루빨리 내 곁으로 와주기 바랍니다."

가을은 기다림도 상처가 되는 계절이다.

그러나 기다리면 언젠가는 오겠지요.
당신이 푸른 우표를 붙이고 도착해주겠지요.
이 해가 가기 전에….

당신만
와준다면

평소에는 단정한 화장을 하는데
빨간 립스틱에 손길이 간다.
청초한 원피스에 눈길이 간다.
자꾸 거울을 보게 되고,
안 하던 액세서리를 걸치게 되고,
안 뿌리던 향수를 뿌린다.
로맨틱 코미디 영화의 주인공이고 싶다.
휴대폰 소리에 민감해지고
메일을 하루에도 몇 번씩 열어본다.
자꾸 하늘만 보게 되고
꽃을 보는데 괜히 한숨이 난다.

이 모든 증상이 '봄바람 바이러스'

당신이 와준다면
이 계절병이 나을 것도 같은데.

믿고 싶은 거짓말

세상에서 가장 속보이는 거짓말

"널 사랑해."

세상에서 가장 믿고 싶은 거짓말

"영원히 사랑해."

세상에서 가장 달콤한 거짓말

"너만을 사랑해."

세상에서 가장 슬픈 거짓말은
"나는 당신을 사랑하지 않는다"고 하면서
그를 사랑하는 것.

"나는 슬프지 않다"고 하면서
돌아서서 혼자 눈물을 씻는 것.

사랑하는 사람에게 하는

거짓말은

눈물이 담긴

또 다른 고백.

바람이
전하는 말

어깨를 내리고 걸어가는 지친 발걸음에
바람은 다가온다.
바람은 그만 주저앉고 싶은 마음을
쾅쾅 두드리고
일어나 나아가게 한다.

바람은 이별한 뒤 아픈 마음에도
다가와 머리결을 파고들어 속삭인다.

　　아픔은 지나가는 거라고.
　　훌훌 벗어나라고.

또 바람은 가끔 그리움을 두드린다.
보고픔을 깨운다.
영혼을 흔들어 추억의 창을 연다.

그래서 바람이 부는 날이면
그리운 이를 향한 깃발이 드높아진다.
발걸음이든, 그리움이든

깃발이 가리키는 쪽으로 걸어가게 한다.

바람은
내 마음을 쾅쾅 두드린다.
때로는 아름답게,
때로는 내 마음과 상관없이
제멋대로 두드린다.

불씨

추워서 콜록거릴 때
자신의 것을 풀어서 내 목에 둘러주던 목도리,

울고 싶어지던 날
썰렁하게 웃기던 농담 한마디,

열이 펄펄 끓을 때
걱정스럽게 이마에 얹어지던 따뜻한 손길.

내 마음을 위로해주는 건 그렇게
거창하거나 값이 많이 나가는 게 아니다.

'나를 많이 걱정하는구나.'
'나를 많이 아끼는구나.'

당신 마음이
불씨가 되어
꺼져버린 내 삶을 다시 지핀다.

만나지 말았어야 할 인연은 없다

사람의 인연이란 게 그런 것 같다.
매일 보고 싶어도 못 만나는 사람도 있고,
매일 안 보고 살았으면 하는데
계속 보게 되는 사람도 있고,
마음에 평생 담아둔 인연도 있고,
한번 스치고 지나가는 인연도 있다.

피천득 선생님의 수필《인연》의 한구절이 떠오른다.

> "그리워하는데도 한 번 만나고는
> 못 만나게 되기도 하고,
> 일생을 못 잊으면서도 아니 만나고 살기도 한다.
> 아사코와 나는 세 번 만났다.
> 세 번째는 아니 만났어야 좋았을 것이다."

그 세 번째 만남은
생의 단면만이 아니라
후면 측면까지 다 알게 되었을 때의 만남이기에
쓰디쓰다.

그러나
이 쓰디쓴 만남조차
더 먼 훗날 돌아보면
달게 느껴진다

그러니 만나지 말았어야 할 만남은
없다.

손수건 같은 만남

사람의 만남에는 여러 가지가 있다.

피어 있을 때는 환호하다가
시들면 버리는 '꽃송이'와 같은 만남.

힘이 있을 때는 잘 간직하다가
힘이 다했을 때는 버리는
'건전지'와 같은 만남.

금방이라도 지워버릴 수 있는
'지우개' 같은 만남.

하지만 가장 아름다운 만남은 바로
'손수건'과 같은 만남이다.
힘이 들 때는 땀을 닦아주고
슬플 때는 눈물을 닦아주는 손수건 같은 만남.

이중에서 우리는
어떤 만남을 하며 살아가고 있을까?

수많은 사람 중에서
그 사람을 만날 수 있었던 건
귀한 인연 덕분이다.

내가 먼저 땀을 닦아주고
내가 먼저 눈물을 닦아주는 손수건이 돼주는 것,
그것이 인연을 유지하는 유일한 비법이 아닐까.

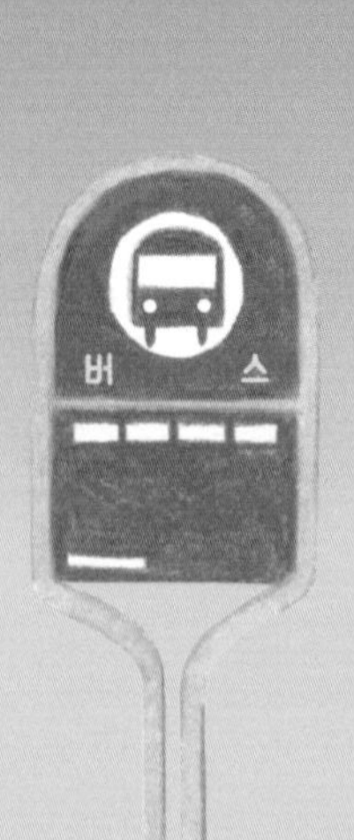
버 스

3장

어른이 될 시간

우산이 필요한 날

비오는 날, 우산을 들고 나왔다.
우산이 머리 위에 든든하게 버티고 있어
젖지 않고 다닐 수 있었다.

비가 그치고 햇살이 비쳤다.
따사로운 햇살에 우산이 거추장스러워졌다.
그 우산을 잃어버리고 말았다.

그 후 다시 비가 내렸다. 그런데 우산이 없었다.
잃어버린 우산을 더 이상 찾을 수 없었고
내리는 비를 다 맞아야 했다.

인생에도 비 오는 날, '레이니 데이'는 있다.
그럴 때 나를 지켜주는 우산 같은 사람이 있다.

인생의 레이니 데이를 위한
가장 중요한 대비 항목은
내게 우산이 되어줄 사람이다.

가족

아침에 눈을 뜰 때부터
밤에 잠을 자는 그 순간까지,
숨을 쉬는 그 모든 순간에 늘 곁에 있어주고
내 마음을 알게 모르게 채워주는 존재, 가족이다.

Family 어원에 대한 설은 두 가지가 있다.
하인이나 노예를 뜻하는
라틴어 Famulus에서 유래해
그 후 하인이나 노예를 포함하는
'한 집안'이라는 개념의 라틴어 Familia로 변했고
또 그 후에 중세영어 Familie를 거쳐서
현재의 가족을 뜻하는 Family가 됐다는 설이다.

또 하나의 설이 있다.
"Father, Mother. I love you."
"아버지, 어머니. 나는 당신들을 사랑합니다."
이 문장에서 각 단어의 첫 글자를 모은 것이
Family라는 설이다.

어원사전에 보면 이 두 가지 설이 다 나와 있다.

"Father, Mother. I love you"에서 Family가 나온 것은
어쩌면 설득력이 조금 약할지도 모른다.
하지만 진정한 가족의 의미를 담고 있는 것 같아서
더 마음에 와닿는다.

그리고 부모님께 항상
이 말을 고백하며 살라는 그런 뜻은 아닐까.

가족은 그렇게
하늘과 세상과 통하는
입구이며 출구.

살아가는 이유이며 조건.

그 이름을 부르면
마음이 따뜻해지는
등불.

힘들고 위험할 땐
그곳으로 도망칠 수 있는
비상구.

인생의 전쟁에
용감하게 뛰어들 수 있게 하는
든든한 방탄복이다.

아버지의
뒷모습

골목길을 걸어가는 아버지를 보면
눈시울이 젖는다.
드높던 어깨는 언제 저토록 내려가 있었나.
꼿꼿하던 등은 언제 저토록 굽어 있었나.

언제나 공룡처럼 거대하고 힘센 존재일 것만 같던 당신.
그러나 더 이상 강하지도 않고
더 이상 힘세지도 않고
더 이상 용기 있지도 않은
비굴과 연약함과 가난이 묻어 있는 당신.

아버지는
이 세상에서
가장 외로운 사람.

걸음걸이

사람들 손에 있는 지문은
똑같은 모양이 한 사람도 없다.
그런데 걸음걸이도
똑같은 사람이 단 한 사람도 없다고 한다.

그래서 지문 대신 걸음걸이로
신원을 확인하는 기술 개발이 추진 중이라고 한다.
걸음걸이만 보면 그 사람의 직업도 알아맞히고
그 사람의 마음까지 알아맞힐 수 있다는 것이다.

고달픈 사람은 어깨를 늘어뜨리고 걷고
아픈 사람은 구부리고 걷고
성급한 사람은 보폭을 크게 하며 걷고
욕심 많은 사람은 발을 꾹꾹 눌러서 걷는다.
사람들은 그렇게 각자의 인생처럼 걸어간다.

걸음걸이는
그 사람 인생의 지문이다.

나는 내 손의 지문을 선택할 수 없다.
가지고 싶은 지문을 맘대로 새길 수는 없다.
그러나 걸음걸이는 만들어갈 수 있다.

나는 보폭이 크지도 작지도 않게 걷고 싶다.
팔을 경쾌하게, 그러나 크지 않게 흔들며 걷고 싶다.
사뿐사뿐 리듬을 타지만
빠르지는 않는 박자감으로 걷고 싶다.
어깨는 쫙 펴고 시선은 똑바로 보고 걷고 싶다.

운동회 달리기 때
언제나 꼴등으로 들어가도 완주는 했던
어린 날의 나처럼
느리기는 해도 끝까지 가볼 것이다.

고슴도치의 딜레마

영어로는 Hedgehog's Dilemma라고
불리는 고슴도치의 딜레마.
이 말은 일찍이 쇼펜하우어의 글에
이렇게 묘사되고 있다.

어느 추운 겨울날에 고슴도치 무리가
서로의 체온으로 추위를 막으려고
몸을 꼭 붙이고 있었다.
하지만 상대방의 가시 때문에
아픔이 너무 컸다.

그들은 떨어져 있게 되었다.
그러다가 또 한 번 따뜻하고 싶어서 몸을 붙였고
가시로 인한 아픔이 반복됐다.

그들은 추위와 가시의 아픔, 두 가지 고통을
차례차례로 되풀이한 끝에
결국 가장 덜 아프고 따뜻한 거리를
발견하게 되었다.

추워서 껴안으면 찔리고,
그렇다고 서로 너무 떨어져 있으면 추워지는 딜레마….

이 고슴도치의 딜레마는
'인간관계에서 적당한 거리를 두라'는
심리학 용어가 됐다.

심리학 전문가들은 이렇게 조언한다.
"가까운 사이일수록
일정한 거리를 유지하는 것은 반드시 필요하다."

다가가면 찔리고
멀어지면 그리워지는 고슴도치의 딜레마….

사람과 사람 사이에는
과연 어느 정도 거리가 적당한 것인지
그 지혜를 고슴도치 선생에게 물어보고 싶다.

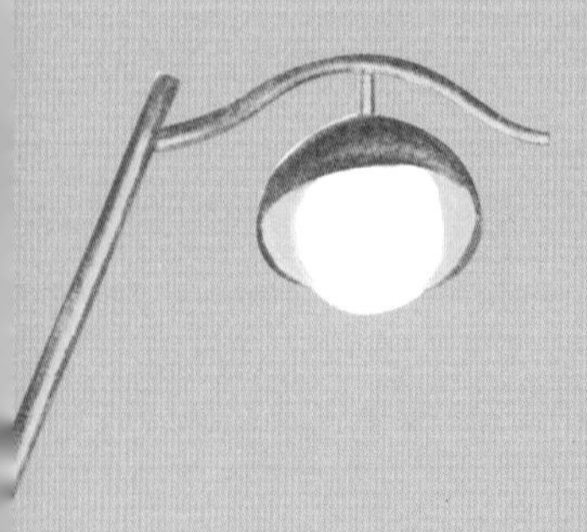

외로울 땐 외롭다고
괴로울 땐 괴롭다고 토로해도 좋다.
사랑과 미움을 품은 마음을 잠시 들켜도 좋다.

공중전화에
묻은 사연

가끔 외롭게 서 있는 공중전화가 보인다.

예전에는 공중전화 뒤에
사람들이 줄을 서서 기다리곤 했다.
앞에서 너무 길게 전화를 하면
뒷사람이 짜증을 내다가 다투기도 했다.

거리의 공중전화에는
안타까운 상황과 사연이 스며 있다.
걸고 싶은 전화, 걸지 못한 전화
걸었던 전화, 기다렸던 전화….
그리고 그 전화 사이로 흘러간 시간들이 있다.

안타까운 정서가 스민 공중전화를 보다가
문득, 당신의 안부가 궁금해졌다.

잘 지내시나요?

이 작은 별에서

숲속에서 혼자 고독한 생활을 하며
글을 쓴 작가, 헨리 데이비드 소로.

그에게 사람들이 물었다.
"이런 곳에 있으면 쓸쓸해져서
누군가 그립지 않습니까?"

그러자 그는 이렇게 대답했다.
"이 작은 별에서 아무리 떨어져 있다 한들,
두 사람의 거리가 얼마나 되겠습니까.
사람을 고독하게 만드는 것은
두 사람 사이에 놓인 공간이 아닙니다."

사람과 사람 사이의 거리감,
그것은 공간의 거리로 계산되어지는 것이 아니다.
사람을 사랑하는 일은
먼 거리에서도 충분히 가능하다.
생각 속에서 불러올 수 있고
추억 속에서 함께할 수 있으니까.

아무리 두 다리가 애를 써도
두 마음을 가깝게 할 수 없고,
아무리 두 다리로 달아나려 해도
두 마음을 묶어놓기도 한다.

내 짝은 어디에

한쪽이 없으면 다른 한쪽도
아무 소용이 없어지는 것들이 있다.

한 짝이 없는 벙어리장갑,
한 짝을 잃어버린 양말,
한쪽이 없는 젓가락,
한쪽이 고장 난 철로….

한 짝이 한 짝을 만나, 두 개가 있어야
완전한 하나가 되는 것들이 있다.

두 개가 있어야 완전한 하나가 되는 것 중에
'사람'도 포함돼야 하는 건 아닐까.

그 어떤 아름다움, 그 어떤 맛과 향기도
그 사람이 없으면 아무 의미도 없어진다.

그래서 사랑을 갈구하고,
그래서 언제나 외롭고 그리운 존재들.

우리는 그렇게,

두 사람이 뭉쳐 하나가 되는

세트 구성물이다.

수취인 불명

덕수궁 돌담길에 카페가 하나 있었다.
대학 시절 자주 갔던 곳이다.
어느 날 문득 그곳이 생각났고
나도 모르게 발걸음이 향했다.

그런데 업종이 바뀌어
카페가 아닌 식당이 되어 있었다.
옛 추억에 끌리듯 들어갔지만
안의 분위기는 더 달라져 있었다.
예전에는 조용한 음악이 흐르고 조명이 따뜻하고
커피 향 가득한 곳이었는데
이제는 시끄럽고 산만하고 조명은 차가웠고
음식 냄새로 가득했다.

종업원이 자리를 안내하려 하자
"찾는 곳이 여기가 아니에요" 하고는
그곳을 나와버렸다.

마음 한구석 추억의 자리가 내려앉으며

무릎에 힘이 풀렸다.
눈물이 맺혔다.

어릴 적 살던 집이
이제는 길이 되어 사라지고 없을 때,

오랜만에 편지를 보냈는데,
'수취인 불명'이라는 도장이 찍혀서 되돌아올 때,

고마운 인사를 꼭 전해드려야지, 했는데
그 선생님이 돌아가셨다는 소식을 접했을 때….

내가 찾는 대상이 이제는 사라지고 없을 때의 기분은
말할 수 없이 아쉽고 허망하다.

"여기가 아니에요"라고 말을 할 때는
추억을 도둑맞은 기분이었다.

수취인 불명은
추억의 분실 통고이며
돌이킬 수 없는 시간의 애달픔이다.

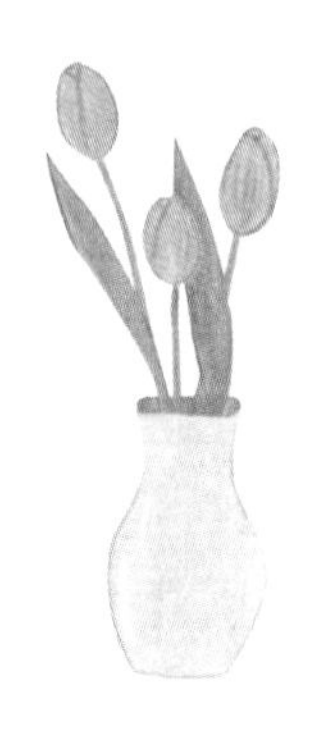

다 자라서 성인이 된 후에는
눈에 보이는 상처에는 덤덤한데,
보이지 않는 마음의 상처에 많이 운다.

내 일생일대의 행운은 당신을 만난 것

"내 일생일대의 행운은
이 배의 티켓을 따낸 거야.
당신을 만났으니까."

영화 〈타이타닉〉에서 레오나르도 디카프리오가
케이트 윈슬렛에게 이런 말을 한다.

생각해보면 오늘의 내가 여기까지 오게 된 것은
모두 '사람' 덕분이다.

나를 이 세상에 존재하게 하는 가족,
내가 힘들 때 위로를 전해주는 친구,
내가 나태할 때 충고를 던지는 선생님,

망망한 바다에 떠 있는 것 같은 기분일 때
기꺼이 섬이 되어주는 사람들.
그들에게 고백하고 싶다.

내 일생일대의 행운은

바로 당신을 만난 것.

한 발짝
더 가까이

영화를 보는 것보다
그 사람 모습을 보는 게 더 기쁘고

별을 보는 것보다
그 사람 눈빛을 보는 게 더 행복하고

밥을 먹는 것보다
그 사람 얼굴을 보는 게 더 배가 부르고

음악을 듣는 것보다
그 사람 목소리를 듣는 게 더 좋다면

그렇다면 그 마음 꺼내 보여주세요.
마음은 발이 없어 그 사람에게 가닿지 못하거든요.

생각의 마법

19세기 에스키모인들은
전혀 동상에 걸리는 일이 없었다고 한다.
얼음 위에서, 그것도 벌거벗고 자는데도
동상에 걸리지 않았다.

그런데 현대의 에스키모인들은
동상에 잘 걸린다고 한다.

어느 문화 인류학자가 조사해봤는데, 그 원인은
그들이 새롭게 갖게 된 '생각' 때문이었다.

서양 의학이 도입되면서 에스키모인들은
'추우면 동상에 걸린다'는 사실을 알게 되었고,
그 후 동상에 걸리기 시작했다.

몰랐을 때는 동상에 걸리는 일이 없었다.
그런데 알게 되고 생각이 바뀌고 나니
그 순간 곧바로 동상에 걸렸다.

옛날보다 요즘 감기 환자가 더 많고,
옛날보다 요즘 더위도 잘 타고, 추위도 더 타고,
이런 것은 어쩌면 생각의 영향은 아닐까.

생각은 신비롭다.
인체의 시스템마저 바꿔놓는다.
그리고 운명의 방향도 바꿔놓는다.

'잘 안 될 것 같다'고 생각하는 일은 위험하다.
반대로 '일이 잘될 것 같다'는 생각은
신비로운 행운의 마법을 일으켜준다.

12월

마음의 지도가
뚜렷해지는 시간.

내가 정말 원하는 것이 무엇인지
내가 정말 사랑하는 사람이 누구인지
분명해지는 시간.

감성이 풍부해져서
음악의 숨결 하나하나까지
미세하게 느껴지는 시간.

세상 모두를 품을 수 있는
아량이 생기는 시간.

그 어떤 때보다
겸손해지는 시간.

"올 한 해 수고했어"라며
나 자신에게 주는

칭찬이 필요한 시간.

한 해가 다 가는 이 무렵은
한 해 중에
가장 맑은,
가장 깊은,
가장 낮은 시간.

시골
버스 정류장에서

시골 버스 정류장에서
버스를 기다려본 적이 있는가.

정류장이랄 것도 따로 없고
표지판만 세워진 모래가 날리는 길가에서
시골 버스를 기다린다.
시골 버스는 아주 뜸하게 한 번씩 온다.
갈 길은 먼데
늑장을 부리고 오지 않는 시골 버스.

그런데 이상하게
기다리는 마음이 조급하지 않다.
미루나무 잎사귀가
바람에 살랑거리는 것이 눈에 들어오고,
벌레가 신발 위로 기어 올라오는 것이 반갑고,
멀리 산새가 지저귀는 소리가 귀에 잡힌다.

그때, 저쪽에서
모래 바람 폴폴 나는 비포장도로를 달리는

시골 버스가 보인다.

참 이상한 일이다.
도시에서는 그렇게 자주 오는 버스를 기다리는 일도
조급해져서 시계를 몇 번이나 들여다보게 되는데,
시골 버스를 기다리는 일은 전혀 급하지 않다.

그래서 배우게 된다.
어차피 산다는 건 기다림의 연속인데,
시골 버스를 기다리는 일처럼 그 기다림을 누리는 것.
그것이 인생을 잘 사는 비결이라는 것을.

시골 버스 정류장은
기다림이란 과목을 가르치는
인생의 과외선생이다.

아주 많은 것을 가지고 있으면서
너무 적다고 불평하는 건 아닐까.

순서를 알 수 있다면

은행에 가면 번호표가 있다.
기다리다 보면 차례가 온다.

인생에도 대기표가 있었으면 좋겠다.
그럼 내 순서를 알 수 있을 텐데….

산을 올라갈 때
저기까지만 올라가면 된다는 표지판이 있다.
인생도 그 지점을 알 수 있다면 힘이 날 텐데….

지루한 수업 시간, 마치는 종이 울린다.
인생도 그 지점을 알 수 있으면 견딜 만할 텐데….

마음의 벽에 달린 창

곳곳에서 벽을 만난다.
빌딩의 벽,
아파트의 벽,
사람 사이의 벽.

이 벽은 완강한 수직의 힘을 가지고 있다.
눈앞에서 위로 뻗어
도저히 넘을 수 없는 한계를
위풍당당한 모습으로 보여준다.

그런데 그 어떤 벽이든
하나 달려 있는 것이 있다.
'창문'이다.

창문이 있으면
벽은 더 이상
완고한 한계의 장치가 아니라
아담한 정취를 전해주는 장소로 변한다.

창이 있는 한
그 문을 열어 밖을 내다볼 수 있고
창이 있는 한
그 문을 열어 밖으로 나갈 수 있다.

그런데 우리가 도저히 뛰어넘을 수 없는 벽이 하나 있다.
마음의 벽이다.
그곳에 '푸른 창'을 달아보는 건 어떨까.
그리고 잠금 장치를 가만히 풀어두는 건 어떨까.

오랜 그리움의 문을 열고 싶은 사람이
지금 당신의 마음 앞에 안타깝게 서 있다.

인디언의 지혜

캐나다의 인디언인 웬다트 부족 사람들은
사냥을 할 때면 동물에게 반드시 설명한다고 한다.
"너를 사냥하지 않으면 우리 가족이 굶게 된다"고.

인간과 짐승 사이에도 마음이 통하면
용서 못할 일이 없다고 믿었던 것이다.

현대 사회는 통신 기기가 극도로 발달한 시대다.

그런데 마음을 전달하는 소통은,
과연 얼마나 하면서 지내고 있을까.

소통은
마음의 전달이다.
소통은
마음의 이해다.

지키지 못한 약속

언제까지나 곁에 있어주겠노라고
굳게 맹세했던
우정의 약속,

영원히 인생을 같이하자고
손가락 걸었던
사랑의 약속,

이 다음에 꼭 꿈을 이뤄서
호강시켜드리겠다던
효도의 약속,

하지만 운명의 훼방으로 인해서,
한순간의 망각 때문에
지켜지지 못한 약속.

지킬 수 있었던 약속보다,
지키지 못한 약속이
더 오래 마음에 남는 이유는

아마도 그 약속이 아직 미완성이기 때문이 아닐까,
안타까운 회한 때문이 아닐까.

약속이란,
특별한 사람을 신뢰하고
그 믿음으로 서로의 자유에
책임이라는 족쇄를 채우는 일.

약속이란,
두 사람이 같은 희망을 품고
내일을 기다리는 일.

희망이란

영화 〈조이 럭 클럽〉에서 어린 딸이 엄마에게 묻는다.
"희망이 뭐예요?"
엄마가 대답한다.

"희망이란,
생일 케이크에서 촛불을 끄는 일 같은 거야."

생일 케이크에서 촛불을 끌 때,
마음속으로 소원을 빌고
그 소망하는 것이 이뤄지길
바라는 마음으로 촛불을 끈다.

소원이 이뤄지길 바라는 마음은
설레고 행복하다.
희망은 그런 거다.

지금 풀리는 일이 없다고 해도
마음까지 주눅 들 필요가 있을까.

춥다고 웅크리면 더 오한이 들지만,
춥지만 일어나 뛰면 이마에 땀이 난다.

운명이 가혹하다 슬퍼하면 더 눈물이 나지만,
이까짓 운명쯤이야, 해버리면 가뿐해진다.

사랑이 버겁다고 포기해버리면 이별밖에 남지 않지만
자신 있게 안으면 그 사랑을 이룰 수 있다.

인생이 무겁다고 주저앉으면 절망이 다가오지만
깃털처럼 가볍게 날아오르면 하늘이 도와준다.

갈림길에서

선택은
두 가지 길이 놓여 있을 때
어느 한 길을 택해 발을 딛는 일.

어떤 선택을 하든,
가지 않은 길에 대한 아쉬움이 없을 수는 없다.
로버트 프로스트는 〈가지 않은 길〉이라는 시에 이렇게 썼다.

"숲 속에 두 갈래 길이 있었다고,
나는 사람이 적게 간 길을 택하였다고,
그리고 그것 때문에 모든 것이 달라졌다고"

사는 동안 몇 번의 선택을 해야 하는 걸까.
어떻게 살 것이냐 하는 철학적인 문제에서부터
직업과 생존에 관한 선택,
사람에 대한 선택,
하루를 어떻게 보낼 것이냐 하는 작은 일상의 선택까지
숱한 선택을 하며 살아간다.

그런데 가장 어려운 선택은
여러 가지 길에서 하나를 고르는 게 아니라,
두 가지 갈래에서 어느 한쪽을 택해야 할 때다.

지금도 우리는 갈림길에 서 있다.
나, 지금 제대로 길을 고른 걸까.
나, 잘 가고 있는 걸까.

버 스

4장

나를 웃게 하는 것들

행복이라는 이름의 퍼즐

아름답게 생긴 퍼즐이 있다.
재미있는 퍼즐도, 괴상한 퍼즐도 옆에 있다.

손은 마음을 따라 퍼즐을 선택하더니
이웃고
붙일 조각을 찾지 못해서 허둥대기도 하고
잘못 붙여서 시간을 낭비하기도 한다.

누군가는
행복이라는 퍼즐을
다 완성했다고 좋아하고,

누군가는
조각이 빠진 채로
그림판을 받아들이며 산다.

태어날 때는 한조각도 붙여지지 않았던 그림판이
시간이 흐르면서
조각조각 채워져간다.

어떤 그림으로 완성될지는 모르지만
행복이라는 퍼즐의 그림판을 완성해가는 것,
그것이 우리가 사는 과정은 아닐까.

졸업식

내가 거친 몇 번의 졸업식을 떠올린다.

초등학교 졸업식에서 환송사가 흐르면
선생님의 눈시울도, 졸업생의 눈시울도 뜨거워졌다.
졸업식이 끝나고 부모님 따라 들어간 중국집에서
자장면과 졸업 기념 특별식인 탕수육을 먹었다.

중고등학교 때는 빨리 어른이 되고 싶은 마음에
교복을 찢고 밀가루를 뿌리는 친구들도 있었다.
그저 좋아서 희희낙락 웃던 학생들 뒤로
착잡하고 쓸쓸한 표정을 짓는 선생님이 계셨고,
마치 감옥에서 해방되는 기분과 함께
자유에 따르는 책임과 두려움도 느꼈다.

그리고 비싼 등록금 내시느라 허리가 굽어버린 부모님께
학사모를 씌워드리고 캠퍼스를 누비며 사진을 찍던
대학교 졸업식도 기억한다.
꽃돌이도 없냐고 놀리는 가족과 함께
학교 앞 경양식 집에 가서 돈가스를 먹었다.

졸업식 풍경은 옛날과 지금이 많이 다르다.
그러나 새로움에 대한 동경과 두려움,
이별의 서운함이 교차하던 마음은 그대로다.
졸업은 이별하는 슬픔도 있지만
미래를 향한 설렘과 기대감이 더 크다.

그런데 좌절감에 사로잡힌 졸업생들도 참 많다.
진학에 실패해 다시 도전해야 하는 이도 있고
사회에 진출하는 친구들 역시
취업이 너무 힘들어서
졸업이 기쁘지만은 않을 듯하다.

그런데 뭐, 이제 겨우 이십 대!

졸업은
지금 막 하얀 눈 속에 힘차게 내디딘
첫발자국이다.

잊을 수 없는 향기

봄이 오는 느낌은
시각보다
코로 꽃향기를 느꼈을 때
더 알아차리기 쉽다.

시각은 보는 데 그치지만
그녀에게서 나는 향,
그에게서 나는 독특한 내음은
발길을 끈다.

영화 〈썸원 라이크 유〉에서
여자 주인공은 이렇게 애원한다.

> "그의 체취가 좋았어요. 비누 냄새도 좋았구요.
> 그 냄새가 날 때마다 그 남자가 생각나고
> 행복했던 추억이 생각나서 슬프고 비참해져요.
> 괴로워요.
> 너무 괴로워요."

그러면서 냄새와 기억을 전달하는 기관을
제거해달라고 한다.

후각은 잔인할 만큼 생생한 감각 기관이다.
다른 것은 다 잊어도 향기는 마지막까지 기억에 저장된다.

향기는
보이지 않는 곳에서 나를 조정하며
깊은 그리움과 동경의 세계로 잡아끄는
리모컨이다.

우리 지금 만나

내 인생 힘차게 몰고
앞으로 쭉쭉 달려가고 싶은데,
달리다보면 다시 제자리,
달리다보면 또 그 자리.

회전목마처럼
제자리만 빙빙 돌고 있다.

내 사랑 힘차게 몰고
그 사람에게 좀 더 가깝게 다가가고 싶은데,
반대편 사람과 절대 만나지 못하는
회전목마처럼
서로 엇갈리며 계속 돌고, 또 돌아간다.

오늘이라는 순간과 어제라는 순간은
서로 돌아가면서 절대 만나지 못한다.
미래 또한 멀리서 다가오지만
지금이라는 시간과 절대 만날 수 없다.

우리는 지금 이 순간도
시간이라는 회전목마 위에 타고
빙글빙글 돌아가고 있다.
붙잡고 싶은 사람도 스쳐가고,
그리운 사람도, 다가올 인연도 스쳐 지나가고 있다.

확실하게 만날 수 있는 시간과 인연은
'현재'다.

피어난 자리를
사랑하기

도시의 삭막한 거리에
풀잎이 하나 피어 있다.

길가를 지나가던 바람이 풀잎을 방문한다.
풀을 찾아오는 것은 바람만이 아니다.
벌레와 이슬의 방문도 있다.

풀잎은
흔들릴지는 몰라도,
뿌리 채 뽑히지 않는다.
풀은 이슬에 젖어도 햇살을 꿈꾸고
낯선 자가 짓밟으면
곧 사랑스런 이의 돌봄이 있을 거라고 소망한다.

시골의 한적한 숲에 피어난 다른 풀을
부러워하지 않는다.
공해와 소음 심한 도시에 피어난
자신의 환경을 탓하지 않는다.
그저 거기, 피어난 그 자리를 사랑하는 것처럼 보인다.

도시의 풀잎은 내게 일러주었다.
서 있는 그곳이 어떤 환경이든
그 자리를 사랑하라고,
누가 알아주길 바라지 말고
그저 부지런히 굳건히 뿌리를 내려보라고.

책임지는 용기

위인전을 읽다보면
남들과 다른 점을 발견하게 된다.

스스로 잘못을 인정할 줄 알고
그 잘못을 말할 줄 아는 용기,
책임을 질 줄 아는 용기를 지녔다는 사실이다.

어떤 일이 잘못됐을 때,
"모든 게 내 탓"이라고 말하는 사람이
참 드물다.

사회학자인 피터 버거의 주장에 의하면
사람들에게는 어떤 잘못이 있을 때
그것을 인정하지 않는 버릇이 있다고 한다.
책임을 지지 않으려는 회피적인 행동이다.

사실 책임이라는 단어를 명사로 쓰면
뭔가 거대한 압박감이 밀려오는 것 같은 기분을 느낀다.
명사가 주는 위압감 같은 것이다.

하지만 책임이라는 단어를
이런 식으로 풀어서 말해보면 어떨까.

"저한테도 잘못이 있습니다"
혹은,
"제가 원인 제공을 한 겁니다"라고.

사실 많은 용기 중에서
가장 정직한 용기는 이런 것 아닐까.

자신의 잘못을 들여다볼 줄 아는 용기.
스스로의 잘못을 인정할 수 있는 용기.

단 세 마디

네덜란드의 유명한 의사인 베르하이트는
임종할 때 유족에게 유서를 남겼다.
유서에는 건강에 대한 숨은 비법이 적혀 있었는데,
무려 700쪽에 달했다.

그런데 가족들이 699쪽을 다 넘길 동안
유서는 모두 백지뿐이었다.
허탈해진 가족들이
'도대체 건강 비법이 어디에 있단 말이야?'라며
체념하려는 순간,
마지막 700쪽에서 글이 나왔다.

거기에는 단 세 마디가 적혀있었다.

"머리는 차게,
발은 따뜻하게,
밥은 조금만."

욕심을 버리는 것,

단순하게 사는 것.
그 이상의 건강법은 없다.

중간중간 삶의 속도를 점검해가면서
내 몸에게 '더 일해도 될까?' '더 먹어도 되나?'라며
물어보면서 살자.
우리가 가장 아부해야 되는 대상은 바로
'내 몸'이기에.

따뜻한
코코아 한 잔

제2차 세계대전 당시 미국의 젊은이들은
입영 통지서를 받고 도시로 집결해야 했다.
그때, 정거장에서 기차에 오르는 그들에게
코코아를 나눠주는 사람이 있었다.

불편한 다리를 절룩거리며 밤늦도록
뜨거운 코코아를 쟁반에 들고 나눠줬던 사람은 바로
미국의 제32대 대통령 루스벨트.

'전쟁에 나가게 해서 미안하다'
'제발 잘 다녀와다오'
이런 마음을 담아 내미는 코코아 한 잔은
그 어떤 약속보다
그 어떤 선물보다
젊은이들의 마음에 용기를 심어주었으리라.

따뜻한 코코아 한 잔은
마음을 따뜻하게 덥혀주는 난로다.

부하 직원보다 먼저 직장에 나가
사무실에 들어서는 사람들에게
직접 만든 따뜻한 차 한 잔 건네는 상사,

학생보다 먼저 학교에 나가
교실에 들어서는 아이들에게
따뜻한 코코아 한 잔 내밀며 인사를 건네는 교사,

떠올리면 미소가 지어지는 풍경이다.

타임푸어

시간과 빈곤이 합쳐진 단어
타임푸어.

시간을 갖고 싶지만
시간을 갖지 못한
시간이 가난한 사람들.

그들은 남들과 다른 삶을 살고 싶어서 열심히 일한다.
그러다보니 남들과 똑같이 시간이 없다.
남들과 다른 인생을 살기 위해서
남들과 똑같이 바쁜 일상을 사는 것이다.

남들과 달라지기 위해 시간에 쫓기는 사람들.

모든 것이 빠르게 달려가는 속도의 세상에서는
불안의 속도도 빨라진다.
마음조차 속도전에 뛰어들어 버렸다.
마음이 빠르면 세월도 빠르게 간다.
종종거리는 발걸음에 시간도 합승한다.

내가 빨라서 세월도 빠른 것인데
세월만 야속하다고 눈 흘겨댄다.

> "인생은 경주가 아니라
> 그 길의 한 걸음 한 걸음을 음미하는 여행이다."

기업가인 브라이언 다이슨이
어느 대학 졸업식에서 한 축사의 내용이다.

속도가 빠른 세상일수록
마음의 기어는 전자동이 아니라 수동이었으면 좋겠다.

천천히, 천천히.
기어를 조정하면서
기다리는 법도 알고,
불안 대신 그리움을 키울 수 있었으면 좋겠다.

간직하고 싶은 시간

만일 가장 행복했던 시간을 멈추게 한다면
어떤 때에 머무르고 싶은가?

머물고 싶은 시간.

소중한 보석 상자에 집어넣어
영원히 타임캡슐에 저장하고 싶은 시간,

그 어떤 삶의 폭격에도
파괴되고 싶지 않은 시간,

절대 소멸시키고 싶지 않은 시간,

김동률의 〈아이처럼〉의 노래 가사처럼
'사라질까 봐 잠 못 드는' 시간.

그 시간은 어떤 시간인지….

끝없이 간직하고픈 시간은
아주 평범한 시간이다.
너무나 일상적이어서
행복하다는 느낌조차 없는 시간이다.

일상을 잘 누리고 싶다.
그래서 언젠가 이생을 떠날 때
행복한 입술로 말하고 싶다.
미션 잘 완료했다고….

새 버스가 온단다

토슈즈를 신은 발레리나처럼
발끝을 세우고 5월은 온다.

꽃 피고 잎도 피고 새가 노래하는
신도 부러워한다는 달.

보는 것, 듣는 것, 냄새 맡는 것 모두
푸른 생명으로 넘쳐나는 달.

나무가, 새가 매력을 물씬 어필하는 달.

연인이 없으면 견디기 힘든 달,
그런데 또 연인이 떠났다 해도 견딜 힘이 나는 달.

'다시 만날 수 있어'
'새 옷을 입을 수 있어'
'새 버스가 온단다'
조물주가 나무에 메시지를 걸어놓는 달.

연분홍 치마가 봄바람에
본격적으로 흩날리기 시작하는 달.

그래서 피천득 시인은 이렇게 썼나 보다.

"내 나이를 세어 무엇하리.
나는 지금 오월 속에 있다."

팔베개를 해주다

내 팔베개를 하고 잠든 어린 아들이 깰까 봐
밤새 움직이지 못했다.

팔에 쥐가 나고 저려와도
아픈지 모르고 고통스럽지도 않았다.

팔베개는
사랑의 인증서.

내 팔베개를 하고 잠든
사랑하는 사람,
그 사람이 깰까 봐
팔을 움직이지 못하고
밤을 새본 적이 있다면

내 무릎을
그 사람에게 내주고
그 무릎의 편안함을
최대한 더해주기 위해

움직이지 않고
밤을 새본 적이 있다면

달콤하고 부드럽게 속삭이는 웨하스 맛 사랑이
사실 우리 인생에
얼마나 강력한 무기가 돼주는지 알고 있을 것이다.

산다는 것은
내 마음과 꼭 닮은 것들을
반갑게 만나기 위한 과정이다.

서러운 습관

사랑하는 사람과 헤어졌다.
그런데 헤어지고도
자주 만나던 시간에
자주 만나던 장소로
발걸음이 옮겨질 때가 있다.
한참을 기다리다가
문득 가슴을 치는 사실 하나,

'아, 우리가 이별을 했구나….'

헤어지고도
그 사람에게 전화를 걸 때가 있다.
빈 전화기에 대고 한참을 말하다가 문득,

'아, 우리가 이별을 했구나….'

이별 전의 시간으로 시계를 돌려놓고 싶은 이별,
절대 인정하기 싫고 차마 떠나보내기 싫은 이별.
그런 이별을 했다.

그리움조차
사랑이구나

세상의 아름다움은
왜 그렇게 빨리 사라져버리는 것인지 모르겠다.

폭죽처럼 피어났다가
훌훌 눈꽃처럼 날리며 져버리는
벚꽃도 그렇고,

열병처럼 뜨겁게 피어났다가
계절이 가기도 전에 먼저 져버리는
동백꽃도 그렇고,

펄펄 내렸다가 자취도 없이 스러지는
함박눈도 그렇다.

그 중에서도 가장 안타까운 것은
사랑하는 사람과의 이별이다.

이별은
두 개의 별이 멀리 떨어지는 것.

그런데 이별을 하고 나면
그 사랑이
별에 기록이 된다.

우리 머리 위에 떠서
하늘을 보면 언제나 거기 머물러 있는 별.

그러므로 이별은
사라지는 것이 아니라
멀리 머문다는 의미는 아닐까.

그 사람이 그리워지던 어느 날,
너무 보고 싶어 미워지다가 문득 생각했다.
'그리움조차 사랑이구나.'

그러니 이별은 헤어짐이 아니다.
이별은, 미완성 사랑이다.
이별은, 그리움이다.

고민하는 사이
행복은 날아간다

무게와 부피가 똑같은
건초 더미 두 개가 있다.
그 사이에 당나귀 한 마리가 서 있다.
당나귀에게는 두 개의 건초더미 중 하나를
선택할 자유가 있다.

두 건초 더미의 겉모습이 완전히 똑같기 때문에
당나귀는 고민이 된다.
이리 보고 저리 봐도
도무지 우열을 가리기 어렵다.

당나귀는 오랫동안 어느 쪽을 선택할지
결정을 내리지 못하고 갈팡질팡한다.

그러다 결국 처음 서 있던 바로 그 자리에서
한 발자국도 움직이지 못한 채
기진맥진해 쓰러지고 만다.

우화를 읽을 땐 동물들이 어지간히 우둔해 보인다.

괜히 착각하고 오류를 범하는,
어리석은 모습을 보면 웃음이 난다.

당나귀는 어쩌면
지금 이 순간
이럴까 저럴까 망설이는
내 모습은 아닐까.

이것이냐 저것이냐 갈등하느라
중요한 것을 놓치고 있는 어리석은 당나귀
그게 내 모습은 아닐까.

버리고 나면 어디에서 찾을까

오래 아껴 입던 스웨터 하나가 있었다.
거의 교복처럼 매일 즐겨 입었는데
그만 보풀이 생기고 말았다.

그래도 종종 꺼내 입다가
점점 옷장 속에 넣어두는 일이 많아졌다.
이제 날 사랑해주지 않는 거냐고
스웨터가 섭섭해하는 소리가 들리는 것 같았다.

어느 날 그 스웨터를 버렸다.
그런데 뭔가 크게 잘못한 사람처럼 미안했다.
헌 옷을 버리는 곳에 뛰어가 봤지만
벌써 누군가 가져가버렸는지 그곳에 없었다.
가슴이 아팠다.

아끼던 물건에 흠집이 나서 버리고 난 후
마치 그 물건에 마음이라도 달려 있는 것처럼
아쉽고 안타까울 때가 있다.
물건에게 대하는 마음도 이러한데

정든 사람을 대하는 마음이야 더 그렇다.

사랑이 이제 다했다고 느껴지는 순간이 올 수 있다.
그래서 어느 날 그 마음을 버릴 수도 있다.
그런데 물건은 그걸 버린 장소로 찾아가볼 수라도 있지만
사랑하는 마음은 버리고 나면 어디서 찾아야 할까.

물건의 분실은
찾을 수 있지만
마음의 분실은
영영 찾을 수 없다.

물건은 상처가 나고 흠집이 생기면 버릴 수 있지만
사람은 상처가 깊을수록 더 사랑해야 하지 않을까.

추억은 몸에 남는다

우리 몸 중에서 기억이 담기는 곳은 어디일까.
머리일까,
가슴일까.

뇌에 담기는 것만은 아닌 것 같다.
기억이 아프면
가슴이 아프다.

몸에 간직되는 기억도 있다.
손에 새겨지는 기억도 있다.
그의 손이 담겨 있던 내 손은
그를 기억할 때마다 뜨겁다.

기억은
내 영혼 구석구석에 새겨지는
타투.

기억의 무늬는
어떤 건 아름답고

어떤 건 지우고 싶을 만큼 못났다.

부지런히 지우고
성실히 간직해서
아름다운 무늬만 지니고 싶다.

내 곁에 있는 사람

파도가 칠 때
가장 높은 곳이 3미터라면
가장 낮은 곳도 3미터!

그래서 파도의 높은 곳과 낮은 곳을 더하면
완전한 수평, 제로가 된다.

> 우주의 모든 것은 밸런스를 맞춰간다.
> 해가 있으면 달이 있고,
> 양지가 있으면 그늘이 있고,
> 문제가 생기면 거기에는
> 반드시 해답이 있다.

인간관계에서도 우주의 밸런스는
여지없이 적용된다.

경제 관리에 철저한 남자는
경제 개념이 둔감한 여자와 만나고,
유난히 깔끔한 여자는

청결 개념이 둔한 남자를 만나고,
각자의 행운도 서로서로 작용해가면서
꼭 내게 필요한 사람과 관계를 맺어가는 것,
그것이 우주의 밸런스다.

그러니 지금 내 곁에 있는 사람은
우주의 질서에 합당한
내게 꼭 필요한 사람이다.

사랑과 샴페인

샴페인은 마개를 열기 전에 약간 흔들어주면 좋다.
그러면 기분 좋게 "펑!" 소리가 나며
코르크 마개가 열리고
거품이 쏟아져 나온다.
그때 마음에 쌓인 우울이나 슬픔같은 것도
거품과 함께 나가버리고
와르르, 웃음이 흘러나오게 된다.

샴페인은 그렇게
슬픔을 기쁨으로 빠르게 운반하는
감정의 특급 열차.

코르크 마개를 열어버린 순간,
짙은 향기가 쏟아져 나오면
마법처럼 마음이 미리 취해버린다.

샴페인은
사랑과 참 많이 닮았다.

마음을 풍선처럼 둥둥 띄우고,
폭죽처럼 기쁨을 터뜨려 주니까.

그리고 또 하나의 공통점이 있다.
그건 언젠가는 마법이 풀리듯 깨어난다는 사실.

거품이 빠져 그 맛이 시들해져버리는 샴페인처럼,
사랑도 언젠가는 빛을 바래는 순간이 오고 만다.

언젠가는 끝이 나는 기쁨의 축제,
사랑과 샴페인.

사랑이 시작되는 순간은
샴페인의 마개를 여는 순간과 같고,

사랑이 진행되는 동안은
그 향기에 취해 있을 때와 같지만,

사랑이 끝나는 지점에는

샴페인에 취했다 깨어나는 순간처럼
허무한 것, 그것이 사랑이다.

깨어나는 순간이 두렵지만
와인을 멀리하지는 않는 것처럼,
사랑 역시 그렇다.

끝나는 것이 두려워
시작조차 하지 않는다면
우리 머릿속에 풍선을 띄우거나
폭죽처럼 터트리는 것 같은,
감정도 느끼지 못하기 때문이다.

그 어떤 슬픔과 고통이 있어도
당신이 있으니 견딜 만하고,
깜깜한 어둠 속에 있어도
당신이 등불을 켜주니 걱정할 것 없다.

언제 어디서든
노래를 발견하는 사람

브라이언 카바노프의《씨 뿌리는 사람의 씨앗주머니》에
보면 쌍둥이 얘기가 나온다.

한 아이는 언제나 희망으로 가득 찬 낙관론자였고
한 아이는 늘 슬프고 절망적인 비관론자였다.

걱정이 된 부모는 정신과 의사를 찾아갔는데,
의사는 아이들 성격에 균형을 가져다주기 위해 제안한다.

“다음 아이들의 생일날에
비관적인 아이에겐 최고의 선물을 주고,
낙관적인 아이는 거름을 주세요.”

의사의 제안에 따라 두 아이에게 선물을 준 부모는
비관론자 아이의 방을 들여다봤다.
그런데 그 아이는 큰 소리로 불평을 해대고 있었다.

“자동차가 이게 뭐야?
내 친구는 더 큰 자동차를 갖고 있는데….”

이번에는 낙관론자 아이의 방으로 다가가
안을 들여다봤다.
그런데 아이는 신이 나서 거름을 공중에 내던지며
이렇게 킥킥대고 있었다.

"날 놀리지 마세요!
이렇게 많은 거름이 있다면
틀림없이 당나귀 한 마리를 사오신 거죠?"

스웨덴 속담에 이런 게 있다.

> "노래를 부르기 좋아하는 사람은
> 언제 어디서나 노래를 발견한다."

그런가 하면 도스토옙스키는 이렇게 한탄했다.

> "행복은 선반에 얹어두고
> 불행만 꼽는다."

노래 부르기 좋아하는 사람은
언제 어디서나 노래를 발견한다.
그런데 불평을 좋아하는 사람은
언제 어디서나 슬픔을 발견한다.

노래하는 인생과 찌푸리는 인생,
그 중에 어떤 쪽에 배팅하고 있는지.

낙관의 길로 가느냐,
비관의 길로 가느냐.

우리 인생의
최고의 대박일 수도,
최악의 쪽박일 수도 있는
중요한 배팅이다.

행복의 반대말은 불행이 아니다.
불만이다.

버 스

5장

흥얼거리며 계속 걸어가고 싶어

우리들의 여름

수박을 쩍, 하고 쪼갠 후에
그 빨간 육즙에 든 까만 수박씨를 볼 때,
그리고 한 조각 먹어보니
그 맛이 꿀처럼 달콤할 때.

냉장고에 두어
병에 물방울이 맺힐 만큼 시원한 맥주를
한 컵 따라서
운동 후에 시원하게 마실 때.

더위에 지치고 에어컨 바람도 싫어서
넋 놓고 앉아 있는데
갑자기 쏴아~ 소리를 내면서
시원한 소나기가 쏟아질 때.

여행 지도를 손가락으로 짚어보며
여름휴가를 계획해볼 때.

여름이 갖는 즐거움을 꼽아본다.

새하얀 햇볕이 마치 광선처럼 쏟아져 내리는
오전의 비현실적인 정적,

어느 순간의 돌발적인 격정,

길고 뜨거운 오후의 권태,

낮잠 자다가 깨어난 어스름 저녁에
마치 세상에서 버려진 듯 느껴지는 오슬오슬한 한기,

주룩주룩 장마 비가 쏟아지는 날
어둑한 습기 속에서 느끼는 본능적인 슬픔,

비온 후의 무지개를 보면 가슴 뛰던 설렘,

집채만 한 흰 구름을 보면 아련해지던 그리움….

가장 드라마틱한 감정을 주는 계절,
여름.

나의 유년시절의 기억은 주로
여름에 몰려 있다.

갑작스런 소나기를 피해서 처마 밑으로 뛰어가던 기억,
텅 빈집에서 낮잠을 자다 깨어보니
어느새 땀과 한 몸이 되어 있던 기억,
바다에서 헤엄치다가 허우적대던 기억,
어머니의 손을 잡고
뜨거운 여름 과수원 길을 걸어가던 기억.

내게 여름은
추억의 창고.

하나의 계절만큼
추억 용량이 늘어가네요.

쓸데없는 말

"너한테 꼭 해 줄 말이 있다—"
이렇게 시작하는 말은
들어보면 별로 중요한 내용이 아니다.

"이런 말한다고 기분 나쁘게 생각하지 마라—"
이렇게 시작하는 말은
듣고 보면 꼭 기분이 나쁘다.

"이건 비밀인데요—"
이런 말은
더 이상 비밀이 아니고

"이번 한번만 도와주시면—" 하고 꺼내는 말은
이번 한번만으로 끝나지 않는다.

"결론적으로—" 하며 끝나는 말은
무엇에 대한 결론인지 항상 불분명하고

"존경하는—"이라는 형용사로 시작되는 대상은

사실은 결코 존경받는 일이 없다.

붙이지 않아도 되는데
꼭 붙이게 되는 그런 말들,
남에게 들려주는 수식어는
케이크 위에 괜히 얹는
가짜 데커레이션 같은 것.

보석이 아름다운 이유가
드물고 아름답고 강하기 때문이라면
이 세상엔 그런 게 참 많다.

너를 닮아간다

사랑하는 사람을 보고 있으면
그 동공에 사랑하는 사람이 비치는 눈부처.

푸른 바다를 보고 있는 사람의 동공에
어리는 눈부처는 푸른 바다다.
꽃을 보면 꽃이 눈부처다.
나무를 보면 나무가 눈부처,
하늘을 보면 하늘이 눈부처다.

사람은 눈동자에 담고 있는
눈부처를 닮아간다고 한다.

바다를 보면 바다를 닮고
해를 보면 해를 닮아간다.

사랑하는
미스 릴리

〈저지 로이 빈의 생애와 시대〉라는 옛날 영화를 보면
주인공 로이 빈이 죽어가면서
짝사랑하던 여배우에게 편지를 남긴다.

"사랑하는 미스 릴리.
마지막 편지를 보내기 위해 이렇게 펜을 들었습니다.
당신을 만난 적도 목소리 한번 들어본 적도 없지만,
제 가슴속에는 늘
그대의 모습이 있다는 사실을 전하고 싶습니다.
포스터 속에서 본 당신의 모습이
얼마나 오랫동안
나의 고독과 추운 밤을 견디게 해줬는지 모릅니다.
나의 명예는 오로지
당신을 사랑했다는 것입니다."

한번도 본 적 없고 목소리도 들은 적 없는데
포스터 한 장만으로
이렇게 누군가를 사랑할 수도 있을까.

"나의 명예는 오로지
당신을 사랑했다는 것."

나도 그렇게
당신의 명예가 되어주고 싶다.
나의 명예 역시
당신을 사랑하는 데 있는 것처럼.

영혼을
닿게 하는 음악

음악을 듣다 보면,
현실을 완전히 망각할 때가 있다.
계절 감각도 없어지고,
내가 지금 어떤 장소에 있는지,
어떤 시간에 있는지도 잊어버릴 때가 있다.

한겨울에도 음악 속에서 봄을 만나고,
내 방에 앉은 채
북구의 자작나무 숲을 달려가기도 한다.

어떤 음악을 들으면
마음 밑바닥에서 미세한 파도가 일어나고,

어떤 음악을 들으면
옛날의 기억들이 실타래처럼 풀리며 따라오기도 한다.

어떤 음악은
그리운 이가 멀리서
발자국을 찍으며 다가오는 느낌을 주고

어떤 음악은

짙은 안개 속에서 길을 잃어버린

막막한 심경으로 이끈다.

마음에 슬픈 덩어리를 하나 쿵!

던져놓기도 하고

시원한 바람을 선물하기도 한다.

마음에 화살처럼 꽂힌 후

영혼을 마구잡이로 흔들어놓는 음악도 있다.

우리나라의 옛 음악 서적인

《악학궤범》의 서장을 보면 이런 구절이 나온다.

> "음악은 하늘에서 나와
>
> 사람에 머물고,
>
> 허무에서 발생하여
>
> 자연에서 이뤄진다.

그러므로 음악은
마음으로 느끼게 하고,
그 혈맥을 뛰게 하며
서로의 정신을 이어지게 만든다."

음악에 대한 느낌은
예나 지금이나 전혀 다르지 않다.

마음이 느끼고
피가 뛰고
서로의 영혼이 닿게 만드는 것,
음악이다.

노래는
말이 아닌 다른 그 무엇으로
당신에게 전하고 싶은 이야기이고
인생의 다른 표현이다.

손을 잡아준
당신이 있기에

물은
끓고 난 다음에 수증기를 발생시킨다.

증기 기관차의 엔진은
증기 게이지가 212도를 가리키기 전에는
1센티미터도 움직이지 않는다고 한다.

조금이라도 뜨겁지 않으면
움직이지 않는 기관차.

우리가 사는 일이라고 다를까.

집 안의 난방도 좋고,
차의 시동을 걸어
엔진을 미리 덥혀놓는 것도 중요하지만,
인생 엔진 역시 가동시켜야 한다.

인생의 엔진은 무엇일까.

주저앉고 싶은 날 나는
누구 때문에 힘을 내서 일어났던가.
다 포기하고 싶은 날 나는
누구를 위해 다시 주먹을 쥐었던가.
누구 때문에 아플 수도 없었던가.
누구 때문에 절망할 수 없었던가.

인생이라는 기관차를 움직이는 엔진은
사랑.

무심코 던진
돌

나이가 들어도
구김살 없는 외모는 가당치 않다.
그러나 나이가 들수록
마음은 구김살 없고 싶다.

나이가 들어도
해맑은 피부는 가당치 않다.
그러나 나이가 들수록
해맑은 미소는 욕심난다.

나이가 들수록
실패는 두렵지 않다.
그러나 실수는 하고 싶지 않다.

나의 실수가
다른 이의 가슴으로 날아가
명중시킬 수 있기 때문에.

가벼운 농담 한마디가 사람의 마음을 아프게 한다면

못난 질투로 괜히 사람 마음을 다치게 한다면
그건 정말 돌이킬 수 없는 실수가 될 텐데….
"내가 그랬어요?
그래서 당신이 그때 그렇게 아팠단 말예요?"
그런데 내가 몰랐다고 용서받을 수 있을까?

실패는
내가 어쩔 수 없는
삶의 흔적이지만
실수는
내가 마음을 조아리면
줄일 수 있는 것.

실패할지언정
실수는 하지 말기를
살아가면서
다른 마음을 다치게 하지는 말기를.

상처도
수선이 되나요?

우리 동네에는 옷 수선집이 있다.
나의 오래된 단골집이다.

허름한 가게 문을 열면
핑핑 돌아가는 돋보기를 낀 할머니가 반긴다.
"여기 이 부분이 찢어졌어요. 어떻게 해야 돼요?" 하면
할머니는 "뭐하다 찢어먹었어?" 하고는
이리저리 살펴보고 해결 방법을 찾아주신다.
"다른 천으로 덧대는 수밖에 없겠어.
표 안 나게 잘 고쳐줄게."

내가 아끼는 것에 상처가 났을 때
그 흔적을 잘 가려주고 덮어주는 일.
새 것처럼은 아니지만
그래도 쓸 만하게 고쳐주는 일,
수선.

옷을 맡기고 돌아가는 길에 문득 생각한다.

'우리 인생도 수선할 수 있다면
눈물 나는 시간을 오려내고
한숨 나는 시간에는 예쁜 천을 덧댈 수 있다면….'

그렇게 새해 첫날은
수선의 날로 삼아볼 수 있지 않을까.

원래 시간은 강처럼 경계가 없는 것.
어쩌면 인생 재부팅 기회를 주기 위해
시간에 간격을 표시해서
달을 나누고 해를 나눈 것인지도 모른다.

지난 세월을 돌아보며
틀어진 곳 바로잡으라고,
해어진 곳 기워보라고,
정 마음에 안 들면 포맷시키고 새롭게 부팅하라고
새해는 존재한다.

일의 의미

가축처럼 일만 하는 직장인,
긴 근무 시간을 보내야 하는
직장인들의 슬픔이 담긴 신조어,
사축.

퇴근 이후에도 울려대는 메신저 감옥.
회의감이 몰려오는 시도 때도 없는 회의.
오늘도 어김없는 야근각.

쉬는 것을 포기했다고 해서
쉼포족이라는 말도 생겼다.

그럼에도 불구하고
내가 하는 일을 행복해하며
순간순간 그 의미를 심어가는 사람,
그가 영웅이다.

자유는
자신의 인생을
자신이 꾸려나가는 것.

나를
낮추는 일

학창시절에 선생님은
학생들이 잘못을 하면
무릎을 꿇게 했다.
아이들은 무릎을 꿇고
잘못한 일을 반성했다.

부모님은
어른 앞에 앉을 때는 늘
무릎을 꿇고 앉아 예를 갖추라고 했다.
무릎을 꿇고 앉으면
앞에 계신 어른이 참 높아 보이곤 했다.

무릎을 꿇는다는 것은
나를 반성하는 일,
나를 낮추는 일.

그런데 꿇어앉는 일은
쉽지 않다.
오래 앉으면 다리도 저리고 허리도 아프다.

온 몸이 뻐근하고 불편하다.

하물며 마음으로 무릎을 꿇는 일은 더 힘들다.
내가 무엇을 잘못했는지 아는 일도 힘들지만
잘못한 것을 반성하는 일도 쉽지 않다.
교만해지기는 쉽지만
나를 낮추고 겸손해지는 일은 어렵다.

그런데 낙타도 먼 길을 가기 위해서는
먼저 무릎을 꿇고 사막을 바라본다고 한다.
무릎을 꿇고 나서야 뭔가를 얻을 수 있는 것,
그것이 인생이다.

무릎을 꿇어야
사랑이 온다.

무릎을 꿇어야
일어설 수 있다.

무릎을 꿇고 먼 산을 바라봐야
길이 보인다.

멋진 사람

스펙이 어떠하든
나이가 어떠하든
외모가 어떠하든
진정한 멋진 사람이란,

남을 비방하기보다 자신에게 더 엄격한 사람
강자에게 비굴하지 않고 약자에게 관대한 사람
그 어떤 세상의 평이나 모함에 흔들리지 않고
자신의 길을 꿋꿋이 가는 사람.

생의 포인트를 톡톡 살리는 이런 사람은
진실로 멋지다.

해 뜨기를
기다리면 되지!

영화 〈사운드 오브 뮤직〉에서
트랩 가족의 장녀인 열여섯 살 소녀 '리즐'이
마리아에게 이렇게 묻는다.
"누군가 날 사랑하지 않는다면 어떻게 하죠?"

그러자 마리아는 이렇게 대답해준다.
"조금 울다가 다시 해 뜨길 기다리면 되지!"

매일 웃고만 사는 사람이 있을까?
매일 기쁜 사람도 없고,
매일 신나는 사람도 없다.

세상 사람 모두가 날 사랑할 수도 없고
세상 사람 모두가 날 믿어주는 일도 없다.

《탈무드》에는 이런 구절이 있다.

> "천국의 문은
> 기도하는 자에게도 열려 있지만,

눈물을 흘렸던 자에게도 열려 있다."

울고 있다면, 이렇게 믿어보는 거다.

지금 흘리는 이 눈물이
나중에 천국의 문을 여는 열쇠가 되어줄 것이라고.

이제
그만 울어요

거리에서 비둘기를 만났다.
비둘기의 눈빛을 마주한 것은 처음이었다.
그 눈빛에서 기다림을 읽었다.

문득 페드로 알모도바르 감독의 영화 〈그녀에게〉에
삽입된 노래 〈꾸꾸루 꾸꾸 팔로마〉가 생각났다.

'꾸꾸루 꾸꾸'는
비둘기 우는 소리를 내는 의성어인데
이 노래에서 비둘기는
한 여자를 사랑하고
평생 기다리다가 죽어버린 남자의 영혼이다.

남자의 영혼이 비둘기가 되어
그녀의 집 앞에 찾아와
구슬프게 우는 소리를 노래한 것이다.
비둘기는 기다림의 새인 것이다.

약속 시간에 늦는 사람을 기다리는 것도 참 힘든 일이다.

다리도 저리고
그 사람 오는 방향을
오래오래 바라보다 보니
목도 뻐근하다.
하물며 평생 한 여자를 사랑하고,
오지 않는 그 여자를,
이미 이 세상에 없는 그 여자를
마냥 기다리는 것은 얼마나 막막한 일일까.

기다리고, 또 기다리고
오직 한 사람을 기다리는 사랑.
애가 타고 영혼이 말라붙고 심장이 오그라드는 기다림.
죽음을 걸고 기다리는 사랑.

결국 그 사랑은 죽어 비둘기로 태어난다.
그런데 죽어서도 그녀의 창가를 맴돌고만 있다.

차마 그녀의 창가를 떠나지 못하고
비둘기가 되어 부르는

슬픈 노래는 이렇게 이어진다.

"그 비둘기는 바로 그의 애달픈 영혼
비련의 여인을 기다린 그 아픈 영혼이라네.
울지 말아요, 비둘기. 부질없지 않아요.
사랑을 알게 되었으니까요.
이제 그만 울어요, 비둘기."

그립다고 결코 가까이 가려 하지 않는다.
그저 바라보면서 그리움을 삭인다.

망고나무를 심는 노인

수도사가 들려주는
한 노인에 관한 이야기가 있다.

어느 날, 정원에서 땅을 파고 있는 노인의 모습을
지켜보던 이웃 사람이 물었다.
"거기서 뭐 하세요?"

노인은 밝은 얼굴로 대답했다.
"망고나무를 심고 있지."

"열매를 따 드시려고 심는 거예요?"
이렇게 묻자 노인은 대답했다.

"아니야. 내가 그때까지 살 수야 없지.
하지만 다른 사람들은 살아 있을 거 아닌가.
난 일생동안 다른 사람이 심어놓은 망고를 충분히 먹었네.
이제는 내가 그 고마움을 베풀어야지."

내가 받은 혜택과 내가 입은 고마움을

다음 세대에 갚는 마음, 베풂.

그것은 가족 간의 내리사랑에만 있는 게 아닌가 보다.

강처럼 밑으로 흐르는 사랑인가 보다.

내가 누릴 수 있었던 것들

내가 받았던 것들을

하나하나 꼽아본다.

어떻게 다 갚아야 하나.

인생 학교 입학생

나이 먹는다는 일은
초조해할 일도, 슬퍼할 일도 아니다.

나이를 먹는다는 일은
인생의 학사모를 쓰는 일이고,

입가에 미소가 지어지는 일이고,

함께 나이 먹어가는 벗들과 함께
축배를 나누는 일이다.

연세 지긋한 은사가 해주신 말을 기억한다.

"연륜은,
세월을 견디는 힘이다.
시간도 자연이니 자연을 누리는 마음이다.
시간이 나에게 보내는 메시지를 해독하는 능력이다."

오늘이라는 시간은

또 내게 어떤 것을 전해주게 될까.

그러고 보면 우리는 매일 아침
새로운 인생 학교에 입학하는 셈이다.

눈빛이
불안해 보여요

내가 들어본
가장 마음에 드는 외모 칭찬은 이것이다.
“눈빛이 불안해 보여요.”

눈빛이 가라앉아 안정되기보다
불안하게 일렁인다는 것이 나는 마음에 든다.
‘사연 있는 눈동자’라는 칭찬도 좋다.

“눈에 눈물이 없으면 마음에 무지개가 피지 못한다”는
인디언 격언이 있다.

삶의 한 지점에서
눈에 눈물을 담아본 적이 있던 눈을
좋아한다.

눈은, 마음의 침입자다.
눈빛 하나가 마음에 들어오고 나면
마음은 눈빛에 정복되고 만다.

태양처럼 타오르는 눈,
별빛처럼 빛나는 눈,
꿈꾸는 듯한 눈….
그런 눈빛에 매혹되지 않을 수 있을까.

가장 먼저 마음에 와서 꽂히는 화살,
눈동자.

내 외모에 대한 가장 간절한 소원은 이것이다.

아무리 세월이 흘러도
눈동자는 나이 들고 싶지 않다는 것.

내 손에
닿았던 뺨

사람들은 말한다.

우리 손에는 생명선도 있고, 직업선, 애정선도 있어서

손금을 보면 그 사람 인생이 보인다고.

손금은

내 인생의 길.

애정선은

내 사랑의 흔적.

애정선을 들여다보면서

내 손에 닿았던 뺨,

내 손가락에 걸었던 약속을 떠올린다.

마음의 감옥

사람에게는 다섯 가지 감옥이 있다.

자기도취의 감옥
자기만 잘난 줄 아는 감옥이다.

절망의 감옥
항상 세상을 불평하며 절망한다.

과거의 감옥
옛날이 좋았다고 하면서 현재를 낭비한다.

선망의 감옥
내 떡의 소중함은 모르고 남의 떡만 크게 본다.

질투의 감옥
남이 잘되는 것을 보면 자신도 모르게 헐뜯는다.

누구나
이 다섯 개의 감옥에 갇힐 수 있다.

영화 〈빠삐용〉에서 더스틴 호프만이 말했다.

"네가 아무리 탈출에 성공한다고 해도
네 마음의 감옥 속에서 탈출하지 않으면
넌 여전히 감옥 속에 갇혀 있는 것이다."

마음의 감옥은 내가 설계했고 내가 그 문을 닫았다.
그러니 감옥에서 나올 수 있는 열쇠 또한
내가 갖고 있다.

너에게 공명하고 싶다

두 사람이 이런 시도를 해봤다.

상대방이 아픈 부분이 아니라
자기가 아픈 부분을 상대방에게 마사지해주기.

어깨가 아픈 사람이
상대방의 어깨를 안마했다.
그런데 신기한 일이 일어났다.
상대방의 어깨를 주무르는데
아픈 내 어깨가 말끔히 나았다.

> 상대방을 마사지했는데
> 내가 아픈 부분이 풀리는 현상이
> '맞울림'이다.
> 맞울림은 다른 말로
> '공명'이다.

우리가 사는 세상은 그렇게
공명의 장소다.

서로의 마음이 서로에게 스며들고
서로의 아픔이 서로에게 물드는, 그런 곳.

그래서 철학자들은 이렇게 권했나 보다.

내가 행복해지고 싶다면
내 눈앞에 있는 사람을 먼저 행복하게 하라고.

당신을 축복합니다.

당신의 날들이
불꽃처럼 뜨겁기를!

당신의 시간들이
장미처럼 아름답기를!

당신의 삶이
별처럼 행복하기를!

당신의 소망이
해처럼 둥글기를!

당신의 사랑이
달처럼 꽉 차오르기를!

일러스트 채소(최소진)

평범한 일상 속, 특별하게 와닿아 마음에 담기는 순간들을 기억하고 그립니다.

dnfskadu@naver.com
grafolio.com/dnfskadu
instagram.com/chaaeso

나, 열심히 살고 있는데 왜 자꾸 눈물이 나는 거니?

초판 1쇄 발행일 2018년 11월 8일
초판 11쇄 발행일 2024년 12월 1일

지은이 송정림
펴낸이 정은영

펴낸곳 꼼지락
출판등록 2001년 11월 28일 제2001-000259호
주소 10881 경기도 파주시 회동길 325-20
전화 편집부 (02)324-2347, 경영지원부 (02)325-6047
팩스 편집부 (02)324-2348, 경영지원부 (02)2648-1311
이메일 munhak@jamobook.com

ISBN 978-89-544-3917-6 (03810)